社長《しゃちょう》ですがなにか？④

小学生《しょうがくせい》、激《げき》ヤバホテルへご招待《しょうたい》？

あさつじみか・作
はちべもつ・絵

角川つばさ文庫

登《とう》場《じょう》人《じん》物《ぶつ》紹《しょう》介《かい》！

ペーパー・エア・プレイン社《しゃ》

副社長《ふくしゃちょう》

青《あお》羽《ば》 玄《げん》

通称《つうしょう》「センスの王子《おうじ》」

なにをやっても
センスバツグンな小《しょう》6。
スポーツ万能《ばんのう》で、
とくに野球《やきゅう》が好《す》き。
絵《え》もプロ級《きゅう》にうまい。

社長《しゃちょう》

萌《もえ》黄《ぎ》くらら

自称《じしょう》「ひらめきの天才《てんさい》」

たのしいことが大好《だいす》きで、
元気《げんき》な小《しょう》6。
ある出来事《できごと》がきっかけで、
会社《かいしゃ》をつくる決意《けつい》をする。
このお話《はなし》の主人公《しゅじんこう》。

広報《こうほう》

白《しら》瀬《せ》 凛《りん》

通称《つうしょう》「交渉《こうしょう》のプロ」

頭《あたま》がすごく良《よ》く、
成績《せいせき》は学年一《がくねんいち》な小《しょう》6。
おだやかな性格《せいかく》だが、
リサーチ力《りょく》に長《た》け
言葉《ことば》が巧《たく》み。

ボディーガード

大統領《だいとうりょう》の
ボディーガード。

アリア・ドルフィン

とある国《くに》の大統領《だいとうりょう》で、
エドワードのママ。

エドワード・ドルフィン

大統領《だいとうりょう》の一人息子《ひとりむすこ》。
くららと同《おな》い年《どし》の「社長《しゃちょう》」。

くららのママ&パパ

お菓子《かし》メーカーの「企画部《きかくぶ》」で
はたらいている。

ホテル・カポノ・リゾート

VIPなオオモノたちがおとずれる、
超高級《ちょうこうきゅう》リゾートホテル。

門道《かどみち》 杏《あん》

なんでもできる、
ホテルのコンシェルジュ。

柏木《かしわぎ》早織《さおり》

ホテルの支配人《しはいにん》。
心《こころ》を込《こ》めたおもてなしが
とくい。

千堂《せんどう》のぼる

ホテルのオーナー。
エラそうで、口《くち》が悪《わる》い。

林《はやし》 陸斗《りくと》

思《おも》い込《こ》みがはげしい、
ホテルのシェフ。

清掃《せいそう》の神《かみ》チーム

ホテルをキレイにする、ハウスキーピングのプロ。

今回《こんかい》はあたし、超《ちょう》ピンチだよ！

くらら、お前今《まえいま》どこにいる!?

落《お》ち着《つ》いて、状況《じょうきょう》を教《おし》えて

えっと……ヒィ！ カミナリ！

くそっ、とにかくそこを動《うご》くなよ！

萌黄《もえぎ》くららは元気《げんき》がとりえのフツーの小《しょう》6。ゆいいつ人《ひと》とちがうのは、小学生《しょうがくせい》だけど「社長《しゃちょう》」やってるってこと！ 野球仲間《やきゅうなかま》で親友《しんゆう》の青羽《あおば》玄《げん》・白瀬《しらせ》凛《りん》と3人《にん》で、なんとホンモノの会社《かいしゃ》をつくったんだ！ テレビのおしごとを大成《たいせい》功《こう》させたくららたちは、お祭《まつ》りで当《あ》たったチケットで超《ちょう》ゴウカなリゾートホテルに来《き》たよ！ 今《いま》までがんばった分《ぶん》、思《おも》いっきり遊《あそ》ぼう！って思《おも》ってたのに――。外《そと》は嵐《あらし》で大《おお》荒《あ》れ、ホテルは停電《ていでん》でまっ暗《くら》！くららを狙《ねら》う、だれかの影《かげ》……。このホテル、もしかして超《ちょう》ヤバい!?

【ぜったい諦《あきら》めない新米社長《しんまいしゃちょう》×クールな天才《てんさい》デザイナー×やさしくて頭《あたま》がいい凄《すご》ウデ広報《こうほう》】の3人《にん》なら、どんなピンチも乗《の》り越《こ》えられる!!

目《もく》次《じ》！

1 キケンな展開《てんかい》

……みんな、今《いま》、スマホ持《も》ってる？（小声《こごえ》）
もしくは、スマホを持《も》ってる家族《かぞく》や友《とも》だちが近《ちか》くにいる？（ちょー小声《こごえ》）
もしくは、もしくは、たまたま交番《こうばん》の近《ちか》くにいたりしない？（ちょーちょー小声《こごえ》）
え？　なんでそんな小声《こごえ》なのかって？
しっ！　今会話《いまかいわ》していることがバレたら、**タイヘンなこと**になっちゃう。
じつは、目《め》の前《まえ》にいるみんなに、だいじなお願《ねが》いがあるの……。

今《いま》すぐ助《たす》けに来《き》て――――!!

ものすごい**ピンチ**なの！
バカンス？　もちろん、まっ最中《さいちゅう》だよ。

なのに、なんで助《たす》けてほしいかというと……。

ドーン！　ガラガラガラッ！


ヒィ！　まま、またカミナリ！

やっぱりムリ！　早口《はやくち》に、ザーッと説明《せつめい》するよ！

あのね、あたしたち、リゾートホテルにはちゃんと来《き》たの。

だけど、島《しま》が、**とつぜんの大嵐《おおあらし》**にみまわれちゃって……。

ホテルの中《なか》は、**電気《でんき》が消《き》えてまっ暗《くら》に。**

スマホの**電波《でんぱ》**も、**通《つう》じなくなった。**

しかも、**玄《げん》と凛《りん》の姿《すがた》が見当《みあ》たらない。**

なにより――。

「おい。なにをモゴモゴ言《い》っているんだ」

「はうっ！　そ、その。カ、カミナリがこわくて……」

「しずかにしていろ。**さわげば命《いのち》はないぞ**」

聞《き》いた？　今《いま》のセリフ。

萌黄《もえぎ》　くらら、ただいま、だれかに**命《いのち》をねらわれているのです**……。

ヤバ過《す》ぎでしょ!?　なんで、こんな目《め》にあうの？

ハッ！　もしかして、**あまりにも有名《ゆうめい》な社長《しゃちょう》になりすぎたせい!?**

スゴいお金《かね》持《も》ちだと、カンチがいされてる!?

「あのあのっ。あたし、あんまりお金《かね》持《も》ってません！　ていうか、**ナイです!!**　新《あたら》しい服《ふく》とか、おかしとかにつかっちゃって……」

「だから、よけいなことをしゃべるな」

「ハ、ハイ!!」


うう。時間《じかん》を巻《ま》きもどしたい……。

数時間前《すうじかんまえ》まで、**あんなに楽《たの》しかったのに——**。

2
謎《なぞ》の少年《しょうねん》

青《あお》い海《うみ》！

白《しろ》い砂浜《すなはま》！

なんかスゴい、ヤシの木《き》の行列《ぎょうれつ》！

ペーパー・エア・プレイン社《しゃ》、**絶海《ぜっかい》の孤島《ことう》におり立《た》ちました〜〜！**

「うわあ〜！　めっちゃ、ひろーい！　……って、玄《げん》。うつむいてないで、ちゃんと見《み》てよ！」

「**マジで今《いま》、おれの体《からだ》をゆらすな。**くっそ、船酔《ふなよ》いした……」

「ねえねえ！　あそこに見《み》えるの、**ジェットコースター**じゃない!?　あっちには、**観覧車《かんらんしゃ》**がある！」

遊園地《ゆうえんち》だ！　島《しま》に遊園地《ゆうえんち》がある！

「のろう！　今《いま》すぐ！」

「**お前《まえ》は、おれをころす気《き》か!?**　話聞《はなしき》けよ！」

「二人《ふたり》ともしずかにして。集中《しゅうちゅう》して地図《ちず》が読《よ》めない……ホテルは、この先《さき》だね」

仲《なか》よく（?）三人《にん》で、歩《ある》き出《だ》す。

遊園地《ゆうえんち》だけじゃなくて、カフェやゲームセンター、本屋《ほんや》さんまである。

どこを見《み》ても、大《おお》きくて高《たか》くて、新《あたら》しい建物《たてもの》がい～っぱい！

もう、島《しま》じゃないね。海《うみ》に浮《う》かぶ街《まち》だよ。

あちこち見《み》とれながら、ホテルまで、凛《りん》の案内《あんない》についていく。

さいごに、ふさふさの花《はな》のトンネルを抜《ぬ》けると――。

「コレは……ホテルじゃなくて、**お城《しろ》ですか!?**」

豪勢《ごうせい》で巨大《きょだい》で白色《しろいろ》と金色《きんいろ》がまじった建物《たてもの》が、**デーンッ**とお出《で》むかえ！

「くららの感想《かんそう》は、けっこう当《あ》たってるね。このホテルは、王《おう》さまが住《す》んでいた宮殿《きゅうでん》を、リメイ**クしたもの**だって書《か》いてあるよ」

凛《りん》が、案内板《あんないばん》を読《よ》んで説明《せつめい》してくれる。

「ていうことは、あたしたち、**王《おう》さまの仲間入《なかまい》り!?**　スゴすぎ、やった～！」

るんるんで、入《い》り口《ぐち》のドアを開《あ》けて中《なか》に入《はい》る――さらにびっくり仰天《ぎょうてん》。

カベも、柱《はしら》も、金色《きんいろ》キラキラ！

ロビーの天井《てんじょう》はとんでもなく高《たか》くて、つるされているシャンデリアがまぶしい。

床《ゆか》はピッカピカで顔《かお》が映《うつ》るくらいだけど、フシギな模様《もよう》も描《か》かれている。

あとは、えっと、ドでかいソファがあって……ピアノまである！

中央《ちゅうおう》から左右《さゆう》に分《わ》かれた大《おお》きな階段《かいだん》には、赤《あか》いじゅうたんがしかれていて……。

「ようこそ、ホテル・カポノ・リゾートへ！」

まちかまえていた二人《ふたり》の女性《じょせい》スタッフさんが、いっせいに頭《あたま》を下《さ》げる。

「お待《ま》ちしておりました。わたくし、支配人《しはいにん》の柏木《かしわぎ》　早織《さおり》です」

「わたくしは、コンシェルジュの門道《かどみち》　杏《あん》です」

二人《ふたり》とも姿勢《しせい》がビシッとしていて、カッコいい！

「萌黄《もえぎ》さま、青羽《あおば》さま、白瀬《しらせ》さま」

支配人《しはいにん》の柏木《かしわぎ》さんが、一歩前《ぽまえ》に出《で》る。

「ご活《かつ》やくは、かねがねうかがっております。こちらの雑誌《ざっし》の記事《きじ》も、読《よ》ませていただきました」

柏木《かしわぎ》さんが、有名《ゆうめい》な雑誌《ざっし》『トピック！』を見《み》せる。

じつは旅行前《りょこうまえ》に、またまた取材《しゅざい》の依頼《いらい》を受《う》けました！

それも、**話題《わだい》の人物《じんぶつ》だけを特集《とくしゅう》する**大手《おおて》の雑《ざっ》誌社《ししゃ》からね。

テレビのおしごとの、おかげだよ～（玄《げん》の宣伝用動画《せんでんようどうが》も、SNS《エスエヌエス》でバズり中《ちゅう》です☆）

「こちら、**歓迎《かんげい》のサービス**でございます」

柏木《かしわぎ》さんが、きれ～なオレンジ色《いろ》のジュースが入《はい》ったグラスを見《み》せる。

「当《とう》ホテル特製《とくせい》の、**ウェルカムドリンク**でございます。どうぞ」

あたしに向《む》かって、グラスをさし出《だ》す――。

バシャ！

柏木《かしわぎ》さんがつまずいて、ジュースがあたしの顔面《がんめん》にダイブ！

思《おも》いっきり、ぬれました……**ペロッ**（甘《あま》い！おいしい！）

「申《もう》しわけございませんっ！　ああ……お洋服《ようふく》まで汚《よご》してしまって」

「ぜんぜんっ、大丈夫《だいじょうぶ》です！　気《き》にしないでくださいっ」

「くららならどーせ、じぶんでぶちまけてたもんな」

「そうそう！　……って、玄《げん》！　それは余計《よけい》な一言《ひとこと》！」

「わたくしのせいで、本当《ほんとう》に……」

柏木《かしわぎ》さんは青白《あおじろ》い顔《かお》で、くちびるをふるわせている。

「あの、具合《ぐあい》が悪《わる》いんですか？」

「えっ？　ああ、いいえ！　なんでもございません。今《いま》すぐ、おふきしますね」

「支配人《しはいにん》。そのままでは、シミになってしまいます」

門道《かどみち》さんがサッと横《よこ》にならんで、柏木《かしわぎ》さんに耳打《みみう》ちする。

「お部屋《へや》でお着替《きが》えしていただいて、クリーニングをした方《ほう》がよろしいかと」

「そ、そうね」

柏木《かしわぎ》さんはせきばらいをしてから、また笑顔《えがお》を見《み》せる。

「それでは、お部屋《へや》にご案内《あんない》いたします。こちらへどうぞ」

「――当《とう》ホテルは、7階建《かいだ》てで、中央館《ちゅうおうかん》・東館《ひがしかん》・西館《にしかん》に分《わ》かれております。エレベーターもしくは、大階段《おおかいだん》を使用《しよう》して階《かい》を移動《いどう》します」

部屋《へや》までの案内中《あんないちゅう》、柏木《かしわぎ》さんがホテルのことを説明《せつめい》してくれる。

「どの階《かい》も、分《わ》かれ道《みち》が多《おお》く、入《い》り組《く》んでおります。道《みち》に迷《まよ》われないようお気《き》をつけください」

もうすでに、頭《あたま》の中《なか》は迷子《まいご》ですっ。

ふつうに歩《ある》いてても、目《め》がいそがしいもん。

カベには、高《たか》そうな額縁《がくぶち》に入《い》れられた絵《え》が、ズラーッとかざられているし。

あちこちで、いろんなポーズをした銅像《どうぞう》と目《め》が合《あ》うし。

「客室《きゃくしつ》は50室《しつ》あります。そのほかに、結婚式場《けっこんしきじょう》のチャペル、パーティー会場《かいじょう》、劇場《げきじょう》。大《だい》ホール……最上階《さいじょうかい》の中央《ちゅうおう》には、島《しま》を一望《いちぼう》できる、展望《てんぼう》レストランがございます」

「展望《てんぼう》レストラン!?　なにそれ、カッコいい!」

つい、大《おお》きな声《こえ》でおどろく。

「おい。廊下《ろうか》の真《ま》ん中《なか》で、大声出《おおごえだ》すなよ」

「くらら、ほかにお客《きゃく》さんもいるんだから」

「あ、そうだった……ゴメンなさい」

「いいえ、大丈夫《だいじょうぶ》ですよ。本日《ほんじつ》は、**萌黄《もえぎ》さま方《がた》と、一組《ひとくみ》のご家族《かぞく》さまだけ**の滞在《たいざい》ですので」

えっ？　そんなに少《すく》ないの？

そういえば、ビーチでも、途中《とちゅう》の道《みち》でも、だれともすれちがわなかったような……。

「へえ……。**これほど大《おお》きなホテル**で、しかも**連休中《れんきゅうちゅう》**なのに、**二組《ふたくみ》だけ**ですか？」

凛《りん》は、ところどころ言葉《ことば》を強調《きょうちょう》しながら、あやしむようにたずねる。

「**スタッフさんの数《かず》も異様《いよう》に少《すく》なく**感《かん》じていましたが、それも客数《きゃくすう》に合《あ》わせてですか」

「いいえ。当《とう》ホテルはもともと、**少数精鋭《しょうすうせいえい》**なんです」

「しょ、しょうすう……？　凛《りん》、なにそれ」

「数《かず》は少《すく》ないけれど、一人《ひとり》ひとりがとても優秀《ゆうしゅう》なチームってイミだよ」

「あ、じゃあ、**うちの会社《かいしゃ》といっしょだ！**」

「それは、じぶんで言《い》うセリフじゃねえ」

あたしたちの会話《かいわ》に、柏木《かしわぎ》さんが口《くち》をおさえて笑《わら》う。

「わたくしたちスタッフは、それぞれちがう職場《しょくば》で高《たか》い評価《ひょうか》を受《う》け、オーナーに**スカウト**されてココに集《あつ》まりました。**門道《かどみち》**は、五ヵ国語《かこくご》を話《はな》せ、あらゆる知識《ちしき》に深《ふか》く、**『ホテル界《かい》のオールラウ**

ンダー』と呼《よ》ばれています。裏《うら》には、**『清掃《せいそう》の神《かみ》チーム』**と呼《よ》ばれる、ハウスキーパーたちもいます」

「へえ！　ホテルだけじゃなくて、働《はたら》いている人《ひと》たちもゴウカなんですね！」

「カポノ・リゾートは、**ＶＩＰなオオモノの方《かた》たちのみ**を、おもてなしさせていただいておりますので。萌黄《もえぎ》さま方《がた》も、どうぞ安心《あんしん》して、われわれスタッフにおまかせください」

あたしたち、とうとうＶＩＰなオオモノかあ〜〜〜！

「あ、そうだ！　それなら夕飯《ゆうはん》は、最上階《さいじょうかい》の展望《てんぼう》レストランで食《た》べたい――」

「それはダメだっ！」

ドスのきいた声《こえ》に、言葉《ことば》をさえぎられた。

みんなが、いっせいにふり返《かえ》る。

黒《くろ》スーツを着《き》たおじさんが、けわしい顔《かお》でこっちに迫《せま》ってくる。

「**千堂《せんどう》オーナー**！」

柏木《かしわぎ》さんがパッと前《まえ》に出《で》て、頭《あたま》を下《さ》げる。

「来《き》てくださって、ありがとうございます。こち

ら、本日《ほんじつ》のもう一組《ひとくみ》の――」

「見《み》れば分《わ》かる。それよりも、ちゃんと言《い》っておけ。**展望《てんぼう》レストランは予約済《よやくず》みで、ほかの客《きゃく》は一切入《いっさいはい》れないとな！**」

え――――！

「なあ。オーナーのくせに、口悪《くちわる》くね？」

「それ、玄《げん》が言《い》えるセリフなわけ？　それより、二組《ふたくみ》しかお客《きゃく》はいないのに、なんで入《はい》れないんだろうね」

「おかしいよね～。あっ、もしかして、**スゴくせまいのかな!?**」

「そんなワケないだろっ！　貸《か》し切《き》りにしたんだ！」

千堂《せんどう》オーナーは、めっちゃムキになって、言《い》い返《かえ》す。

「まったく！　これだから、**ただのまぐれで来《こ》られた子《こ》ども**はこまる」

まぐれ？　いや、たしかに、まぐれで手《て》に入《い》れたチケットだけど……。

でもあたしたち、**VIP**なオオモノなんじゃないの!?

「柏木《かしわぎ》。くれぐれも、**あの方々《かたがた》**にメイワクをかけないように、しっかり見張《みは》っているんだ。**ぜったいに、展望《てんぼう》レストランには近《ちか》づけるな。**今夜《こんや》の**トクベツディナー**を、台無《だいな》しにされてはこまる」

めっちゃ、ジャマ者《もの》あつかいなんですけど？
玄《げん》じゃないけど、さすがにヒドすぎるっ。

「ちょっと失礼《しつれい》じゃないですか!? あたしたち、ちゃんとしたお客《きゃく》なんですけど――」

「ところで、わたしは、**しばらく島《しま》をはなれるからな**」

聞《き》いてないし！（ていうか、視界《しかい》に入《はい》ってます？）

「あの、ディナーの準備《じゅんび》には、オーナーにも立《た》ち会《あ》っていただきたいのですが……」

おそるおそるお願《ねが》いする柏木《かしわぎ》さんに、千堂《せんどう》オーナーは、めんどくさそうな顔《かお》をする。

「わたしは、いそがしいんだ。それに、打《う》ち合《あ》わせは、さんざんしただろ。あとはきみが、**以前《いぜん》のような失敗《しっぱい》を、ぜったいにしないように**気《き》をつければいい話《はなし》だ」

千堂《せんどう》オーナーににらまれて、柏木《かしわぎ》さんが押《お》しだまる。

そしてまた、ジュースをこぼしたときみたいな、具合《ぐあい》が悪《わる》そうな表情《ひょうじょう》を見《み》せる。

「きみが、もう一度《いちど》チャンスをくれと言《い》ったんだ。だから、今回《こんかい》やった。『**おもてなしに、ぜったい失敗《しっぱい》しないホテルスタッフ**』だと聞《き》いて、スカウトしたことをムダにしたくないからね」

「ハ、ハイ……」

「いいか？　今夜《こんや》のトクベツディナーに、われわれの命運《めいうん》がかかっている。もしまた失敗《しっぱい》すれば

……このホテルは沈《しず》むぞ」

なになに？　今《いま》、沈《しず》むって聞《き》こえたような……。

もしかして、**ヤバいホテル**に来《き》ちゃった？

「ディナーの前《まえ》にはもどるから、しっかり準備《じゅんび》しておけよ」

ズンズンと、オーナーは大《おお》またで去《さ》っていく。

柏木《かしわぎ》さんはすぐに、あたしたちに頭《あたま》を下《さ》げた。

「お見苦《みぐる》しいところをお見《み》せして、失礼《しつれい》いたしました」

「あの……あたしたちって、**あんまりカンゲーされてないカンジですか？**　ジャマっぽいし……

オーナーはムシするし……」

さっきまで上《あ》がっていたテンションが、一気《いっき》に下《さ》がる。

「とんでもございません！」

柏木《かしわぎ》さんが、首《くび》を大《おお》きく横《よこ》にふる。

「萌黄《もえぎ》さま方《がた》と、もう一組《ひとくみ》のお客《きゃく》さまと別日《べつび》でご用意《ようい》していたのですが、**手《て》ちがいで同《おな》じ日《ひ》に宿泊《しゅくはく》となり**、少々《しょうしょう》いらついているだけです。お気《き》になさらず、お部屋《へや》に向《む》かいましょう」

柏木《かしわぎ》さんは、ナニゴトもなかったように、ほほ笑《え》む。

「わたくしたち、みなさんに、それぞれ**トクベツなお部屋《へや》**をご用意《ようい》して、お待《ま》ちしておりました」

トクベツな、部屋《へや》……？


「——こちら、**中央館《ちゅうおうかん》2階《かい》**、萌黄《もえぎ》さまのお部屋《へや》でございます」

「わ、わ、わっ……わあああ〜〜〜！」

このホテル、ヤバいくらいサイコーです!!

高級《こうきゅう》そうな家具《かぐ》！

ふわふわで大《おお》きなベッド！

なにより、部屋全体《へやぜんたい》が、**あたしの好《す》きな黄色《きいろ》とオレンジの色《いろ》**で埋《う》めつくされている。

ベッドもソファもクッションも、なにもかも。

「しかも、あちこちにおかしが……本《ほん》に出《で》てくる、**おかしの部屋《へや》みたい！**」

「世界百選《せかいひゃくせん》にえらばれた、**各国《かっこく》じまんのスイーツ**をご用意《ようい》させていただきました」

ひえ〜〜〜！

さっきまでのしょぼんとしていた気持《きも》ちが、消《け》しとんじゃった！

「なんであたしの好《す》きなものばっかり……もしかして、**アンケート**ですか!?」

柏木《かしわぎ》さんは、大《おお》きくうなずく。

島《しま》に来《く》る前《まえ》に、ホテルからアンケート用紙《ようし》が送《おく》られてきたの。

「好《す》きな色《いろ》は？」「好《す》きな食《た》べ物《もの》は？」「趣味《しゅみ》は？」とか、いろんな質問《しつもん》が書《か》かれたね。

ぜんぶが、**このトクベツな部屋《へや》**をつくるためのものだったんだ。

「玄《げん》と凛《りん》の部屋《へや》も、こんなカンジなんですか？」

玄《げん》は**東館《ひがしかん》**、凛《りん》は**西館《にしかん》**に、それぞれ案内《あんない》されたの。

「青羽《あおば》さまは、**青色《あおいろ》と水色《みずいろ》をベースとしたクールな色合《いろあ》い**に仕上《しあ》げております。また、当《とう》ホテルにご滞在《たいざい》いただいたプロ野球選手《やきゅうせんしゅ》やメジャーリーガーの方々《かたがた》の、サイン入《い》りの色紙《しきし》やグローブ、バットなどを飾《かざ》らせていただきました」

な、なんてぜいたく……玄《げん》、部屋《へや》から出《で》てこないよ!?

「白瀬《しらせ》さまは、**緑色《みどりいろ》と白色《しろいろ》を組《く》み合《あ》わせた安《やす》らぎを感《かん》じられるお部屋《へや》**になっております。謎解《なぞと》きなどがお好《す》きとのことで、お部屋《へや》に仕掛《しか》けをほどこして、全体《ぜんたい》に遊《あそ》べるようにいたしました」

ふえ〜。凛《りん》も、しばらく出《で》てこないだろうなあ。

「なんで、ココまでしてくれるんですか？」

「当《とう》ホテルの名前《なまえ》の**カポノとは、ハワイ語《ご》で、『ありのまま』という意味《いみ》**なんです。どんな場所《ばしょ》でも、ありのままの自分《じぶん》らしくいられること——それが、**最大《さいだい》の癒《い》やし**であると考《かんが》えています」

「ありのまま……」

「なので、来《き》てくださるお客《きゃく》さまには、**その方《かた》の『好《す》き』をつめたトクベツなお部屋《へや》**で、ゆっくりしていただければと……わたくしが考《かんが》えました」

「柏木《かしわぎ》さんが考《かんが》えたんですか!?　**すっっっっごく、ステキなアイデアです！**」

「**ああ、よろこんでいただけてうれしい！**　あっ、いけない。わたくしったら、また……」

柏木《かしわぎ》さんは、笑顔《えがお》を引《ひ》っ込《こ》めて、少《すこ》しだけ切《せつ》なそうな顔《かお》をする。

「えっと……お部屋《へや》で過《す》ごされるのもよいですが、島内《とうない》にある、オーナーがつくられた数々《かずかず》の楽《たの》しい施設《しせつ》を、お楽《たの》しみくださいー——**とびきりオシャレをして**」

そう言《い》いながら、奥《おく》のドアを開《あ》ける。

大《おお》きなクローゼットになっていて、**ピカピカキラキラ**のいろんな服《ふく》がズラリ！

「ワンピース、チャイナドレス、いろいろご用意《ようい》してあります。それから、くつやサンダルに、帽子《ぼうし》もございます。もちろん、ヘアスタイルを変《か》えることもできます」

「この服《ふく》ぜんぶ、あたしが一人《ひとり》で、つかっていいんですか!?」

「もちろんでございます。当《とう》ホテルのサービスで、日々《ひび》のおつかれを存分《ぞんぶん》に癒《い》やしていってくださいませ。わたくしたち、全力《ぜんりょく》でおもてなしさせていただきます」

全力《ぜんりょく》で、おもてなし……。

「それでは――って、どうされました!?」

あたしのうるんだひとみを見《み》て、柏木《かしわぎ》さんがあわてる。

「わたくし、またなにか失礼《しつれい》なことを……」

「ちがうんです。なんか、はじめてで……。じぶんたちのためにがんばってもらえるの、こんなにうれしいんだって思《おも》って……」

凛《りん》の言《い》うとおり、休暇《きゅうか》に来《き》てよかった。

「萌黄《もえぎ》さまはそれだけ、だれかのために、おしごとを全力《ぜんりょく》でがんばってこられたんですね」

柏木《かしわぎ》さんはひざを曲《ま》げて、あたしに視線《しせん》を合《あ》わせる。

やさしいお姉《ねえ》さんのような顔《かお》で、見《み》つめられる。

「どうぞ今《いま》だけは、ごじぶんのためだけに楽《たの》しんでください」

じぶんのためだけに……。

「じゃあ——」

紙《かみ》ひこうきのかざりを外《はず》して、髪《かみ》をほどく。

それから、クローゼットから、オレンジ色《いろ》のワンピースをとり出《だ》す。

「大変身《だいへんしん》、させてもらっていいですか?」

おしごとのつかれ、全力《ぜんりょく》で癒《い》やさせていただきます!!


カシャ!


「おい。なに勝手《かって》に写真撮《しゃしんと》ってんだ」

新品《しんぴん》のスマホ(デビューしました☆)を、かかげる。

画面《がめん》の向《む》こうで、玄《げん》がフキゲンそうにふり返《かえ》った。

「だって、撮《と》らせてって言《い》っても、撮《と》らせてくれないじゃん」

「写真《しゃしん》キラいなの、知《し》ってるだろ。**盗撮《とうさつ》でうったえるぞ**」

「どれだけキライなの!?」

「あのさ、**わざわざケンカするために**、外《そと》に連《つ》れ出《だ》したの？」

凛《りん》があきれたように、息《いき》を吐《は》く。

「それならぼく、部屋《へや》にもどっていい？　まだ謎《なぞ》がのこってるんだ」

「じゃあ、おれも部屋《へや》にもどる」

「だから、連《つ》れ出《だ》したんじゃん！」

腰《こし》に手《て》を当《あ》てて、言《い》い返《かえ》す。

「二人《ふたり》とも、あたしがさそわなかったら、ずっととじこもってるでしょ？　ママたちが来《く》る前《まえ》に、いろいろ案内《あんない》できるようにならなくちゃ」

大人組《おとなぐみ》は、しごとの都合《つごう》で、午後《ごご》のフェリーで来《く》るの。

スマホをしまって、かわりに島《しま》の地図《ちず》を広《ひろ》げる。

「乗馬《じょうば》、星空《ほしぞら》の下《した》の映画館《えいがかん》……あ、バーベキューもできる！　**夜《よる》にバーベキューしたい！**」

「夕食《ゆうしょく》も出《で》るだろーが」

「じゃあ、**夕食《ゆうしょく》を食《た》べたあとにしたい！**」

そのためには、思《おも》いっきりお腹《なか》をへらしておかなくちゃ。

えーっと、めっちゃ動《うご》くカンジの遊《あそ》びは……。

「あ！　あたし、この**ダイビング体験《たいけん》したい!!**」

「「ダイビング……」」

玄《げん》と凛《りん》がそろって顔《かお》をしかめる。

「行《い》こう！　**みんなで海《うみ》の中《なか》を泳《およ》ごう～！**」

「んー……。ぼくは、この**自然迷路《しぜんめいろ》**に行《い》ってみたいかな」

「おれは……じゃあ、**アスレチックゾーン**」

「バラバラじゃん！　せっかく海《うみ》に来《き》たんだから、**ぜったいダイビング！**」

「でもさ、くらら。親《おや》たちを案内《あんない》したいなら、**それぞれべつの場所《ばしょ》を回《まわ》った方《ほう》がいいよ**」

凛《りん》が、冷静《れいせい》に提案《ていあん》する。

「それに、明日《あした》もある。今日《きょう》はみんな、好《す》きなことしようよ」

「だな。凛《りん》に賛成《さんせい》」

玄《げん》も、小《ちい》さく手《て》をあげる。

「む～。二人《ふたり》がそう言《い》うなら……」

「いいね？　じゃあ、それぞれ楽《たの》しむってことで。また、ホテルに集合《しゅうごう》しよう」

「しかたない……。じゃああたしは、**海《うみ》の中《なか》を全力《ぜんりょく》で楽《たの》しんでくるからねっ**」

「あ、くらら」

ふいに、凛《りん》に呼《よ》び止《と》められる。

「じつは、この島《しま》には**海賊《かいぞく》の伝説《でんせつ》**があるんだ」

「かいぞく……？」

ああ。船《ふね》に乗《の》って、大《おお》きな帽子《ぼうし》をかぶってる人《ひと》たちのことカナ？

「財宝《ざいほう》をかくし持《も》った海賊《かいぞく》の船《ふね》が、この島《しま》の海底《かいてい》に沈《しず》んでいるらしいんだ。もしうっかり、財宝《ざいほう》**に触《ふ》れてしまうと——**」

「ふ、触《ふ》れちゃうと……？」

「海賊《かいぞく》のユーレイにのろわれて、どこまでも追《お》いかけられるらしい……」

な、なんですと！

「凛《りん》、お前《まえ》」

玄《げん》は、目《め》を細《ほそ》める。

「なに冗談《じょうだん》言《い》って……」

「しっ！」

凛《りん》がくちびるに指《ゆび》を当《あ》てて、玄《げん》と距離《きょり》をつめる。

「こうでも言《い》っておかないと。くららのことだから、**はしゃぎ過《す》ぎてトラブルを起《お》こす**かもしれないだろ？」

「それは……言《い》えてるな」

玄《げん》は大《おお》きくうなずいて、あたしをふり返《かえ》る。

「おれもそのウワサ、**聞《き》いたことがある**」

「**玄《げん》まで!?**　えっ、えー……」

「なんだ、ビビったか？」

「ビ、ビビってないよ！　**ちょ〜っと、びっくりしただけで……**」

「コワかったら、やめてもいいんだよ？」

二人《ふたり》はニヤニヤしてる。

もしかして、バカにしてます!?

「ぜんぜんっ、**コワくないし！**　二人《ふたり》より、**めっちゃ楽《たの》しんでくるから！**」

くるっと二人《ふたり》に背《せ》を向《む》けて、海《うみ》の方《ほう》に向《む》かう。

のろいなんてないこと、たしかめてくるんだからっ。

「……のろいなんてあるわけない、あるわけない、あるわけない……」

ダイビングポジションに向《む》かう**船《ふね》の上《うえ》**で、じぶんに言《い》い聞《き》かせる。

体調《たいちょう》チェック、体験前《たいけんまえ》のレクチャーもしっかり受《う》けた。

ちゃんとボディースーツにも着替《きが》えたし、**準備《じゅんび》は万全《ばんぜん》**。

でも、心《こころ》の準備《じゅんび》だけがまだ……。

「あるわけない、あるわけない……**でも、あったらどうしよう!?**」

「**――きみ、うるさいぞ。船《ふね》では、しずかにしているんだ**」

すぐそばで声《こえ》が聞《き》こえて、パッと横《よこ》を向《む》く。

知《し》らない男《おとこ》の子《こ》が、ムッとした顔《かお》で、あたしを見《み》ていた。

ふわふわした栗毛《くりげ》に、ぱっちり目《め》のキレイな顔《かお》。

それに、今《いま》まで見《み》たことがないようなオシャレ？　な雰囲気《ふんいき》がただよってる。

外国《がいこく》の子《こ》？　っぽく見《み》えるけど……。

「**ダ、ダレですか!?**　急《きゅう》に声《こえ》をかけてきてコワい……」

「それはこっちのセリフだ。一人《ひとり》でブツブツと……まさか船《ふね》に、**フシン者《しゃ》**がいるとはな」

「**エドさま**、ご安心《あんしん》を。**わたくしがしっかり見張《みは》っていますので**」

男《おとこ》の子《こ》のとなりには、**ちょ〜大柄《おおがら》な男《おとこ》の人《ひと》**がいた。

パパさんかな？　もしかして、この二人《ふたり》が、もう一組《ひとくみ》のお客《きゃく》さん……。

「ていうか、**フシン者《しゃ》**ってなに!?　あたしはただ――」

「お客《きゃく》さま、到着《とうちゃく》しました！　これから海《うみ》にもぐりますので、マスクをつけてください！」

ガイドのダイバーさんが、元気《げんき》よく声《こえ》をかけにきた。

男《おとこ》の子《こ》はマスクをつける前《まえ》に、あたしを指《ゆび》さす。

「**フシンなきみ**、おれに近《ちか》づくなよ。それから、**決《けっ》して海《うみ》の中《なか》ではさわぐな**」

ゴカイを解《と》く前《まえ》に、海《うみ》の中《なか》に消《き》えちゃう。

ちょっとまって〜！　**エドさま〜〜！**

……ん？

エド……さま？

なんで、じぶんの子《こ》どもに**「さま」**をつけるの？

それに、敬語《けいご》だったよね？　どういう親子《おやこ》なんだろう。

「では、萌黄《もえぎ》さまも行《い》きましょうか」

「えっ？　あっ、**う〜〜……ハイっ！**」

カクゴを決《き》めて、ダイバーさんの手《て》をにぎる。

ぎゅっと目《め》を閉《と》じて、海《うみ》に背中《せなか》を向《む》ける。

空気《くうき》のタンクを背負《せお》ってるから、背中《せなか》から飛《と》び込《こ》むの。

じゃあみんな、行《い》ってくるね！

なにもないことを、全力《ぜんりょく》でいのってて！


「――萌黄《もえぎ》さま、海《うみ》の中《なか》はいかがですか？　コワくないですか？」

「ぜんっぜんです！」

ダイバーさんに水中《すいちゅう》無線機《むせんき》を通《とお》して聞《き》かれて、全力《ぜんりょく》で首《くび》を横《よこ》にふる。

プールの中《なか》を泳《およ》ぐのとは、感覚《かんかく》がちがう。

なんていうか……**別世界《べっせかい》**にいるみたい！

「わあ！　キレイ！」

透明《とうめい》――ううん、うっすら虹色《にじいろ》の生《い》き物《もの》が、あたしの目《め》の前《まえ》を通《とお》り過《す》ぎる。

「**カブトクラゲ**ですね。クラゲは刺《さ》されると危険《きけん》な種類《しゅるい》もありますが、あれは安全《あんぜん》なんです」

「なんか、光《ひか》ってましたよね？」

「カブトクラゲは、太陽《たいよう》の光《ひかり》などを反射《はんしゃ》して、光《ひか》っているように見《み》えるんです」

「へえ」

「本当《ほんとう》に光《ひか》る生《い》き物《もの》もいますよ。とくに、**光《ひかり》が届《とど》かないまっ暗《くら》な、水深《すいしん》200メートル以上《いじょう》の深《しん》海《かい》**には、かなりの種類《しゅるい》が。チョウチンアンコウ、ヨロイザメ、ほたるいか……敵《てき》から身《み》を守《まも》るためだったり、仲間《なかま》とコミュニケーションをとるためだったり、理由《りゆう》はそれぞれですけどね！」

ダイバーさんが、ていねいに教《おし》えてくれる。

もお〜、コワがる必要《ひつよう》なかったんじゃん。

沈没《ちんぼつ》した船《ふね》も、海賊《かいぞく》のユーレイもいないし。

ホテルにもどったら、二人《ふたり》に自慢《じまん》しようっと♪

キラッ――。

岩場《いわば》のそばで、なにかが光《ひか》った。

もしかして、**光《ひか》る生《い》き物《もの》!?**

もぐって近《ちか》づくと、砂《すな》の中《なか》に、**青《あお》い宝石《ほうせき》**のようなものが半分《はんぶん》うまっていた。

なんだろう、コレ……ネックレス？　いや、**メダルっぽい？**

だれか、ほかのお客《きゃく》さんの落《お》とし物《もの》かな？

キョロキョロ見回《みまわ》すと、べつの岩場《いわば》のそばに、エドさ……じゃなくて、エドくんがいた。

もしかしたら、**あの子《こ》のかも！**

ゴカイを解《と》くチャンスだし、声《こえ》かけよ〜っと。

すーっと近《ちか》づいて、うしろからとんとんっと肩《かた》をたたく。

「……!?」

エドくんは、めっちゃびっくりしてふり向《む》いた。

同時《どうじ》に、岩場《いわば》のかげから、**しましまの魚《さかな》**が泳《およ》ぎ去《さ》る。

「**あっ……チッ!!**」

エドくんは、盛大《せいだい》な舌打《したう》ちをした——あたしに向《む》かって。

そして、くるっと背中《せなか》を向《む》けて泳《およ》ぎ去《さ》っていく。

な、なにあの態度《たいど》!?

まさか、あたしをまだ**フシン者《しゃ》**だと思《おも》ってる!?

むぅ〜〜〜。じゃあ、いいもん！　もう話《はな》しかけないからっ。

「——きみ！　おれに近《ちか》づくなと言《い》っただろ！　覚《おぼ》えてないのか!?」

船《ふね》に上《あ》がるなり、向《む》こうからやって来《き》た。

コワい顔《かお》をして、どなりながら。

「きみのせいで、**貴重《きちょう》なチャンスと時間《じかん》をムダにした！**　どうしてくれるんだ!?」

「な、なに急《きゅう》に……あたしは、聞《き》きたいことがあって、声《こえ》をかけたの！」

「どうせ、**くだらないことだろ？**　きみは、**ものすごくあやしいやつ**だからな！」

「はあー？　だからあたし、フシン者《しゃ》じゃないし！　**そっちこそ、態度悪《たいどわる》すぎ！**」

エドくんと顔《かお》をつき合《あ》わせて、にらみ合《あ》う。

「エドさま！　いけません！」

パパさんが間《あいだ》に入《はい》って、エドくんからあたしを引《ひ》きはなす。

「きみ。**この方《かた》に、なんて失礼《しつれい》な口《くち》の利《き》き方《かた》をするんだ**」

「えっ、あたし？　先《さき》にエドくんが――」

「それ以上《いじょう》は、**口《くち》をつつしみなさい。**それからちゃんと、**さまをつけるんだ**」

な、なんで？　いったい、どうして……。

「もういい」

エドくんはめんどくさそうに、首《くび》を横《よこ》にふる。

「その子《こ》にかかわると、ロクなことがない。さっさと、はなれよう」

二人《ふたり》はスタスタと去《さ》っていく。

ロクなことがないって……それはこっちのセリフだよ――――！

あたし、**あの子《こ》とは、ぜったいに仲《なか》よくなれません!!**


「あ〜〜〜！　納得《なっとく》いかないよ〜〜〜！」

ふっかふかのベッドをたたきながら、うなる。

遊《あそ》ぶ気分《きぶん》をすっかりなくして、ホテルの部屋《へや》にもどっていた。

「玄《げん》と凛《りん》、まだもどって来《こ》ないのかな。はやく話《はなし》を聞《き》いてもらいたいのに……」

そのとき、スマホが鳴《な》った。

「玄《げん》!?　それとも凛《りん》!?」

「……ママよ」

「なんだあ、ママかあ」

「なんだとはなによ。それより、**そっちの天気《てんき》は大丈夫《だいじょうぶ》？**」

「ぜんぜん大丈夫《だいじょうぶ》じゃないよ〜。もうママ、聞《き》いて……って、**天気《てんき》？**」

「とつぜんの嵐《あらし》で、**大荒《おおあ》れ**だって。ママたちが乗《の》るはずだったフェリーも、動《うご》かせないの」

そんなにヒドい天気《てんき》なの？

ベッドから転《ころ》がり落《お》ちて、カーテンを開《あ》け——。


ヒュ〜〜〜〜!!　ゴゴゴゴゴゴゴッ……。


めっちゃ雨《あめ》ふってる！

海《うみ》があれてる！

風《かぜ》つよっ！　(ヤシの木《き》が、今《いま》にも折《お》れそうなんですけど!?)

「いつの間《ま》にこんな天気《てんき》に!?　びっくりなんだけど」

「ちゃんと聞《き》いて、くらら。とにか……あんぜ……」

電話《でんわ》の向《む》こうのママの声《こえ》が、途切《とぎ》れ途切《とぎ》れに聞《き》こえる。

「ママ、よく聞《き》こえないよ?」

「げんく……りん……**ジジジジジッ**……ちゃんとき――」

バチンッ――!

とつぜん、部屋《へや》の電気《でんき》が消《き》えた。

「えっ!?　なに!?　……あれ、ママ!?」

ツーツーツー。

で、電話《でんわ》も切《き》れた……。

まさか、**停電《ていでん》!?**

「げ、玄《げん》と凛《りん》は!?　はやく見《み》つけなくちゃ――**ふげっー!**」

急《いそ》いでふり返《かえ》ったら、イスに足《あし》が引《ひ》っかかってころんだ。

イタタ……。こんなまっ暗《くら》じゃあ、さがせないよ。
いや、**二人《ふたり》がもっと危《あぶ》ないめにあってたら、助《たす》けなくちゃだ。**
手《て》さぐりで部屋《へや》を出《で》ると、廊下《ろうか》の電気《でんき》も消《き》えていた。
でもまだ、窓《まど》からの薄《うす》ぐらい光《ひかり》で道《みち》は見《み》える。
カベに手《て》をつきながら、ゆっくりすすむ。
「玄《げん》も凛《りん》も、まだ帰《かえ》ってきてないよね。ええっと、ロビーに行《い》くには……」
あれ？ **今《いま》ココ、ドコ⁉** どうしよう～！ 道《みち》が分《わ》かんない～！
とにかく歩《ある》きつづけたら、階段《かいだん》が見《み》えた。
よかった！ 下《した》におりれば、ロビーがあるよね！
手《て》すりにつかまりながら、一段《いちだん》一段《いちだん》おりる。

「げーん！ りーん！ どこにいるの～～～～⁉」

シ――――――――ツン。

聞《き》こえるのは、風《かぜ》とカミナリの音《おと》だけ。
二人《ふたり》の声《こえ》どころか、だれの声《こえ》も、物音《ものおと》も聞《き》こえ……。

チャラララ〜〜〜♫　チャラララララ〜〜〜♫

どこからか、ピアノの音《おと》が聞《き》こえだす。
この曲《きょく》、どこかで聴《き》いたことがある……。
とにかく、行《い》ってみよう！
そこにかならず、だれかはいるんだから――。

「**――そこのきみ、動《うご》くな**」

だれかは、すぐうしろにいた。
だけど、玄《げん》でも凛《りん》でもない、**正体不明《しょうたいふめい》の声《こえ》**。
あたしはゴクリとつばを飲《の》み込《こ》んで、かたまった。

3　もう一人《ひとり》の……？

――というワケで、**だれかに命《いのち》をねらわれているのです……**（いや、どういうワケ!?）

「確認《かくにん》するが、きみは、ペーパー・エア・プレイン社《しゃ》の萌黄《もえぎ》くららで、まちがいないな？」

「あの、あなたは、いったいだれなんですか？」

「おれの質問《しつもん》にだけ、答《こた》えろ。さもなくば――」

「すみません！　まちがいないです！」

「そうか……それなら」

ガチャリ。

ブキミでおそろしげな音《おと》が、聞《き》こえた。

「カクゴしろ」

なになになにっ!?　カクゴって、なに!?　あたし、なにされるの!?

おそるおそる、慎重《しんちょう》にふり返《かえ》る……。

ピカ！

すぐそばの窓《まど》の外《そと》で、カミナリが光《ひか》った。

おかげで、声《こえ》の正体《しょうたい》が見《み》えた。

あたしに向《む》かってかまえられた、黒《くろ》い銃口《じゅうこう》。

そして、それを手《て》に持《も》つ一人《ひとり》の――。

バンッ――――――！

巨大《きょだい》な風船《ふうせん》が割《わ》れたような音《おと》に、思《おも》わず目《め》を閉《と》じる。

う、撃《う》たれた……。

あたし、し――。

「……あれ。**生《い》きてる!?**」

体《からだ》のあちこちをさわるけど、キズ一つない！

「あたりまえだ。これは**ニセモノ**だ」

撃《う》った本人《ほんにん》が、さらっと言《い》う。

「なーんだ、ニセモノかあ……じゃなくて、**エドくんなにしてるの!?**」

なんと犯人《はんにん》は、船《ふね》でケンカ別《わか》れしたばかりのエドくんでした……。

「ホンモノに見《み》えるかどうか、たしかめたくてな。効果《こうか》は十分《じゅうぶん》にあった」

「なんであたしで試《ため》すの!?　ていうか、ニセモノでも、そんなの持《も》ってたら危《あぶ》ないじゃん！」

「持《も》っていない方《ほう》が危《あぶ》ないときもあるんだ。**おれの場合《ばあい》はな**」

エドくんは、意味不明《いみふめい》な返答《へんとう》をする。

「まあ、それはいい。とにかく、きみに話《はなし》がある」

「話《はなし》？　まさか、さっきのダイビングのときのことを、言《い》いに来《き》たの？」

「それについては、ゆるそうと考《かんが》えている」

「いや。あたし、悪《わる》いことなにもしてな……」

「ただし、条件《じょうけん》がある」

あたしの話《はなし》を聞《き》かずに、エドくんは、ピンッと人《ひと》さし指《ゆび》を立《た》てる。

「**この依頼《いらい》**を受《う》けること、だ。萌黄《もえぎ》　くらら」

「い、依頼《いらい》？　なんのコト？　さっきから言《い》ってるイミが、さっぱり……」

ガタン！


「ヒィ！」

「今《いま》の音《おと》はなんだ？　なにか物《もの》が、たおれたような……」


ドタドタドタッ……。


「こ、こんどは、足音《あしおと》が聞《き》こえる！」

右《みぎ》からなのか左《ひだり》からなのか、上《うえ》からなのか下《した》なのか……もー分《わ》かんない！

ただ、だれかが、こっちに向《む》かって来《き》てて――。

「エドさま！」

暗《くら》やみからあらわれたのは――柏木《かしわぎ》さんだった。

「ああ、よかった～～！」

「萌黄《もえぎ》さま、こちらにいらしたんですね！　ご無事《ぶじ》でなによりです」

「なぜ、支配人《しはいにん》がココにいる？」

「エドさまこそ、急《きゅう》にお姿《すがた》が消《き》えて心臓《しんぞう》が止《と》まるかと……」

「萌黄《もえぎ》　くららを見《み》つければ、この緊急事態《きんきゅうじたい》に協力《きょうりょく》してくれるかもと言《い》ったじゃないか」

「それは、わたくしからお願《ねが》いいたします。エドさまはお部屋《へや》にもどって、大統領《だいとうりょう》のおそばにいらっしゃってください」

「おれは、客《きゃく》としてココに来《き》たつもりはない。大統領《だいとうりょう》をもてなす、ディナーの企画《きかく》を成功《せいこう》させるために、来《き》たんだ。電話《でんわ》でも、そう話《はな》しただろ」

ふ、二人《ふたり》でなにを話《はな》しているの？

ていうか、気《き》になるのが……。

「さっきから、大統領《だいとうりょう》ってなに？　だれかのあだ名《な》？」

「なにを言《い》っている。ココには今《いま》、**ホンモノの大統領《だいとうりょう》**が泊《と》まっているんだぞ」

エドくんは、いたってまじめな顔《かお》で言《い》う。

柏木《かしわぎ》さんを見《み》ると、しっかり首《くび》をたてにふってうなずいた。

「これは、極秘情報《ごくひじょうほう》なのですが……。本日《ほんじつ》のもう一組《ひとくみ》のお客《きゃく》さまは、**ドルフィン大統領《だいとうりょう》**でございます。そしてこちら、**エドワード・ドルフィンさま**は、大統領《だいとうりょう》のお子《こ》さまでございます」

……へっ？

「ええええっ!? エエエッ、**エドくんが、だだだ、大統領《だいとうりょう》の子《こ》ども!?**」

そんな、じゃあ……。

「あの大《おお》きいパパさんが、大統領《だいとうりょう》ってコト!?」

「パパ? ああ、船《ふね》にいっしょにいたのは、ボディーガードだ。**母親《ははおや》が大統領《だいとうりょう》なんだ**」

ママが大統領《だいとうりょう》? え〜、めっちゃカッコいい!

「でもあたし、一回《いっかい》も見《み》てないけど?」

「この島《しま》に来《き》てから、つかれて部屋《へや》で寝《ね》ていて……いや、こんな話《はなし》をしている時間《じかん》はない」

「そ、そうですね。萌黄《もえぎ》さま」

柏木《かしわぎ》さんが、あたしの手《て》をとる。

「じつは、嵐《あらし》で、島《しま》の電気設備《でんきせつび》が故障《こしょう》を起《お》こしまして……。このホテル——いえ、**島全体《しまぜんたい》が停電《ていでん》してしまったのです**」

やっぱり、そうだったんだ!

「そこで、萌黄《もえぎ》さまに早急《さっきゅう》に来《き》ていただきたいところがあるのです」

「避難《ひなん》ですか!?」

「いえ。今《いま》は建物内《たてものない》にいるのが、一番安全《いちばんあんぜん》です。そうではなく、**べつの事情《じじょう》**がありまして……あとで説明《せつめい》させていただきます。どうぞ、こちらへ」

「ほら、さっさと行《い》くぞ」

柏木《かしわぎ》さんに前《まえ》から引《ひ》っ張《ぱ》られ、エドくんに後《うし》ろからおされる。

えっ、えっ？　あたし、ドコに連《つ》れて行《い》かれるの～～!?

Side《サイド》 凛《りん》

「くらら！」


銃声《じゅうせい》みたいな音《おと》が聞《き》こえて、あわててかけつけた。

階段《かいだん》をダッシュでおりて、別《べつ》フロアの広《ひろ》い廊下《ろうか》に出《で》る。

「だれもいない……」

懐中電灯《かいちゅうでんとう》で辺《あた》りを照《て》らすけれど、影《かげ》も見当《みあ》たらない。

くららの声《こえ》も、聞《き》こえたハズなんだけど……。

あの音《おと》はなんだったんだ？

ホンモノの銃《じゅう》？　いや、それはさすがに……。
ただ、くららがトラブルに巻《ま》き込《こ》まれたのは、まちがいない。
「とにかく、さがすしかない」
またかけだそうとした、そのとき。
ズキッ！
するどい痛《いた》みが走《はし》って、右足首《みぎあしくび》をケガしていることに気《き》づく。
もしかして、ここに来《く》る途中《とちゅう》でころんだときに、やっちゃったかな。
ぼくらしくないことをしたな……。
この暗《くら》やみの中《なか》、周囲《しゅうい》の状況《じょうきょう》も確認《かくにん》しないで走《はし》って、ころぶなんて。
くららのことになると、冷静《れいせい》になれないのは、玄《げん》だけじゃないってコトかな……。

「やみくもにさがすのは、やめようか。時間《じかん》と体力《たいりょく》をムダにするだけだし」

どうやって、くららを確実《かくじつ》に見《み》つけ出《だ》そうか……。

考《かんが》えていると、カミナリが光《ひか》った。

窓《まど》の外《そと》では、海《うみ》がおこったように、大《おお》きく波《なみ》をうってあれている。

あれている……海《うみ》がおこっている……。

「……もしかして、**あの手**《て》がつかえるかな？」


「——あたしに来《き》てもらいたい場所《ばしょ》って……本当《ほんとう》にココですか？」

「ハイ。こちら、**展望**《てんぼう》**レストラン**でございます」

近《ちか》づくなって言《い》われていた、あこがれの場所《ばしょ》。

こんな、こんな、こんな——

「こんな、**メチャクチャ**なんて……！」

テーブルやイスはひっくり返《かえ》って、割《わ》れたお皿《さら》やグラスがあちこちに散乱《さんらん》。

カベや柱《はしら》は、ビショビショにぬれているし……。

「ん？　コレは……フォークが、カーペットにささってる!?」

「お気《き》をつけください。今《いま》、『清掃《せいそう》の神《かみ》チーム』が片付《かたづ》けていますが、なかなかすすまなくて」

「んー、あたしの部屋《へや》よりメチャクチャだ……でも、なんでこんなことに？」

「このレストランは、天井《てんじょう》が開《あ》けられるんです。いつもは閉《と》じているのですが、停電前《ていでんまえ》に不具合《ふぐあい》が起《お》きて、勝手《かって》に開《あ》いてしまったのです。急《いそ》ぎ手動《しゅどう》で閉《と》じたのですが、間《ま》に合《あ》わず……」

「それで、こんなヒドいことに……。あっ、でも、あの船《ふね》は無事《ぶじ》みたい！」

レストランの真《ま》ん中《なか》にある、ちょ〜本格的《ほんかくてき》な船《ふね》が浮《う》かんだ噴水《ふんすい》を指《ゆび》さす。

「こんなスゴいものが、レストランにあるなんて……」

「こちらの船《ふね》はレプリカですが、当《とう》ホテルの名物《めいぶつ》の一つです。大統領《だいとうりょう》も、この船《ふね》の噴水《ふんすい》の前《まえ》で写真《しゃしん》を撮《と》るのを楽《たの》しみに……」

柏木《かしわぎ》さんが、くやしそうに顔《かお》をゆがめる。

「本日《ほんじつ》の夜《よる》、大統領《だいとうりょう》を、トクベツディナーでおもてなしをする予定《よてい》でした。まず、このレストランで、フルコース料理《りょうり》とお寿司《すし》で食《しょく》を楽《たの》しんでいただく。その後《あと》、大《だい》ホールで、和太鼓演奏《わだいこえんそう》、空手《からて》の演舞《えんぶ》、今日本《いまにほん》で一番人気《いちばんにんき》のアイドルグループのコンサートを鑑賞《かんしょう》……、目《め》と耳《みみ》で日本《にほん》の文化《ぶんか》を楽《たの》しんでいただこうと計画《けいかく》しておりました。ですが……」

柏木《かしわぎ》さんが、レストランを見回《みまわ》す。

「レストランは、この有《あ》りさま。停電《ていでん》で冷蔵庫《れいぞうこ》も使用《しよう》できなくなり、安全《あんぜん》にお料理《りょうり》がお出《だ》しできません。お寿司《すし》の魚《さかな》は、午後《ごご》に船《ふね》で届《とど》けてもらう予定《よてい》でしたが、この天気《てんき》で中止《ちゅうし》になりました。ゲストたちを招《まね》くこともできず、門道《かどみち》がキャンセル対応《たいおう》をしていまして……」

「そこで、きみにしごとの依頼《いらい》をする」

とつぜん、エドくんがわって入《はい》ってくる。

「このトラブルを一切《いっさい》気《き》づかせないもてなしを成功《せいこう》させるために、協力《きょうりょく》しろ」

「……はあ!? 柏木《かしわぎ》さんの話《はなし》聞《き》いてた？ 今《いま》は、おもてなしどころじゃないじゃん！」

「おれは、**トクベツディナー**を中止《ちゅうし》する気《き》はない」

「そんな、むちゃくちゃな……」

「そこをなんとか、お願《ねが》いします！」

なんと、柏木《かしわぎ》さんが頭《あたま》を下《さ》げる。

「えっ？ ディナーができないって話《はなし》じゃないんですか？」

「もともとの計画《けいかく》と、同《おな》じことができるわけではありません。ですが、あきらめるわけにもいかない――**二度《にど》と、おもてなしに失敗《しっぱい》するわけにはいかないんです**」

「二度《にど》と？　どういうイミですか？」

「その前《まえ》にまず、当《とう》ホテルの**本当《ほんとう》の姿《すがた》**を知《し》ってもらわねばなりませんね……」

柏木《かしわぎ》さんが、懐中電灯《かいちゅうでんとう》で顔《かお》を照《て》らしながら、せまってくる。

なんかコワい！　やっぱり聞《き》くのやめ――。

「じつは――**このホテルは、今《いま》にもつぶれそうなんです！**」

……ええ⁉

ショーゲキの告白《こくはく》に、目《め》が丸《まる》くなる。

「当《とう》ホテルは、もともと経営難《けいえいなん》で苦《くる》しんでいました。そこに千堂《せんどう》オーナーがあらわれ、さまざまな改善《かいぜん》をされました。改装工事《かいそうこうじ》をしたり、島内《とうない》にお店《みせ》やアトラクションを増《ふ》やしたり。しかしその分《ぶん》、お部屋代《へやだい》も高《たか》くなり、お客《きゃく》さまはさらに減《へ》ってしまいまして……」

そ、そっか。るんらん遊園地《ゆうえんち》みたいに、**「古《ふる》くてブキミなウワサがあって、つぶれそう」**ってパターンだけじゃないんだ。

ていうか、やっぱりスゴく高《たか》いんだ。

「あたしたち、まぐれで招待《しょうたい》チケットが当《あ》たって、ラッキー……だったのかな？」

「招待《しょうたい》チケットは、わたくしが用意《ようい》したのです。お客《きゃく》さまを呼《よ》びこむためには、ホテルのことを知《し》っていただくことがだいじかと……。じぶんの、**大失敗《だいしっぱい》**の分《ぶん》もとり返《かえ》したくて」

大失敗《だいしっぱい》？　ああ、オーナーが言《い》ってたことかな？

「前《まえ》に、ホテル立《た》て直《なお》しのために、重要《じゅうよう》なお客《きゃく》さまをご招待《しょうたい》いたしました。わたくしなりのアイデアで楽《たの》しんでいただこうと、いろんなサービスを用意《ようい》しました。ですが、そのお客《きゃく》さまは、大《たい》変《へん》おいかりになりまして——**とてもくだらない、もう二度《にど》と来《こ》ない**、と言《い》われました。**わたくしのおもてなしのせい**で、ホテルの評判《ひょうばん》を、さらに傷《きず》つけてしまったのです」

柏木《かしわぎ》さんは、ぐっとくちびるをかむ。

「だからこそ、今回《こんかい》、大統領《だいとうりょう》に気《き》に入《い》っていただければ、その評判《ひょうばん》でお客《きゃく》さまが増《ふ》え、ホテルを立《た》て直《なお》せる。**失敗《しっぱい》をとり返《かえ》す大《だい》チャンス**だと、意気込《いきご》んでおりました。それなのに、このトラブル……大統領《だいとうりょう》に気《き》づかれれば、まちがいなく**つぶれる**でしょう」

「つぶれるって……嵐《あらし》はだれのせいでもなくないですか？」

「設備《せつび》トラブルは、ホテルのミスです。お客《きゃく》さまにごメイワクをかけた以上《いじょう》、ホテルは責任《せきにん》をとらなくてはなりません……しかし」

柏木《かしわぎ》さんが、必死《ひっし》の顔《かお》であたしを見《み》る。

「このホテルは**本当《ほんとう》にすばらしい**んです。スタッフたちは、お客《きゃく》さまのために一生《いっしょう》けん命《めい》に働《はたら》いてくれています。そのことをしっかり、おもてなしを通《とお》して伝《つた》えたい——ホテルを守《まも》る支配人《しはいにん》としては、**失敗《しっぱい》を引《ひ》きずり、このホテルのすべてがダメだと思《おも》われたままでいるわけにいかないのです**」

「——おれも、だ」

エドくんが、手《て》をあげる。

「**ディナーを計画《けいかく》して、母《かあ》さんを連《つ》れてきたのは、おれだ。**だから、失敗《しっぱい》するわけにいかない」

「ハイ。エドさまは、今日《きょう》まで必死《ひっし》に、いろいろ考《かんが》えてくださいました」

「なんで、エドくんが？」

「母《かあ》さんも、**あるしごとに失敗《しっぱい》した。**それを引《ひ》きずって、ひどく落《お》ち込《こ》んでいる。だが**母《かあ》さんは、ダメな大統領《だいとうりょう》なんかじゃない。**そう元気《げんき》づけたくて、計画《けいかく》したんだ」

エドくんはただのワガママじゃなくて、ママさんのためにあきらめたくないんだ。

ダメだと思《おも》われたくない、か。

あたしたちも今《いま》までのおしごとで、同《おな》じように思《おも》ったことが……。

「支配人《しはいにん》！」

門道《かどみち》さんが、レストランに飛《と》び込《こ》んでくる。

「オーナーとも、連絡《れんらく》がとれました！」

黒《くろ》い無線機《むせんき》を、柏木《かしわぎ》さんに向《む》かってわたす——。

「いったいなにをやっているんだ！」

受《う》けとる前《まえ》に、怒声《どせい》がひびいた。

「すみません！　設備《せつび》トラブルや、不具合《ふぐあい》が起《お》きまして……」

「まったく！　きみは、わたしの期待《きたい》を裏切《うらぎ》るのがトクイなようだな？　なにが、『おもてなしに、ぜったい失敗《しっぱい》しない』ホテルスタッフだ！　**失敗《しっぱい》ばかりのダメダメホテルス——**」

「柏木《かしわぎ》さんは、ぜんぜんダメなんかじゃありません！」

気《き》がついたら、柏木《かしわぎ》さんから無線機《むせんき》をうばっていた。

だって、納得《なっとく》がいかない。

柏木《かしわぎ》さんが今《いま》、どれだけホテルのことを考《かんが》えているか分《わ》かってないもん！

「今《いま》、一生《いっしょう》けん命《めい》にがんばっているんです！　ジャマしないでください！」

「その声《こえ》は……なぜ、きみがそこにいるんだ!?」

「大統領《だいとうりょう》をおもてなしする、おしごとをするために決《き》まってます！」

「はあ？　なにを言《い》っているんだ？　そんなことわたしは、一言《ひとこと》も——」

「どうぞご心配《しんぱい》なく！　**全力《ぜんりょく》でおもてなしを考《かんが》えさせていただきますので！**」

ガツンと言《い》って、その勢《いきお》いのまま無線《むせん》を切《き》る。

「あの、萌黄《もえぎ》さま……」

「はっ！　無線《むせん》切《き》っちゃった！」

「いえ。それより、おしごとをお引《ひ》き受《う》けいただけるというのは、本当《ほんとう》ですか？」

「もちろんです！　**いっしょに、失敗《しっぱい》をとり返《かえ》しましょう！**」

あれだけ言《い》い切《き》って、ここで引《ひ》き下《さ》がるわけにいかない。

それに、柏木《かしわぎ》さんのやる気《き》が好《す》き。

あたしだって、じぶんの会社《かいしゃ》がダメだって思《おも》われたら、だまってる社長《しゃちょう》じゃないもん！

「あ、ありがとうございます！」

「よかったですね、支配人《しはいにん》。では、わたくしは、キャンセル対応《たいおう》にもどりますね」

門道《かどみち》さんは、さっそうとレストランを出《で》ていく。

「話《はな》は決《き》まったな。これから、きみには、**おれの指示《しじ》にしたがって動《うご》いてもらう**」

エドくんはうでを組《く》んで、あたしを見《み》る。

「指示《しじ》って？　あたし、おもてなしのアイデアを考《かんが》えるしごとを引《ひ》き受《う》けたんだけど？」

「ちゃんと話《はなし》を聞《き》いていなかったのか？　おれは、**協力《きょうりょく》しろ**と言《い》った」

「だから、いっしょにアイデアを考《かんが》えるんでしょ」

「さっき言《い》っただろ。もともとのディナーの計画《けいかく》を立《た》てたのは、おれだ。きみはよけいな発言《はつげん》も行動《こうどう》もひかえて、おれの指示《しじ》のとおりに動《うご》けばいい」

なんて!?　さっきは、**めっちゃ家族想《かぞくおも》い**〜って感《かん》じだったのに、急《きゅう》に態度《たいど》をコロッと……。

切《き》りかえが、はやすぎる！

「あたし、**ひらめきの天才《てんさい》**なんですけど!?　たよってくれていいんですけど!?」

「自称《じしょう》だろ？　きみのしごとぶりは、支配人《しはいにん》が見《み》せてくれた雑誌《ざっし》でおおむね把握《はあく》した。おれの手《て》伝《つだ》いをさせるくらいの能力《のうりょく》はあると見《み》た。だが、それまでだ」

「ヒ、ヒドい……ねえ！　**玄《げん》も凜《りん》もだまってないで、なにか言《い》い返《かえ》し**——あ」

ふり返《かえ》って、二人《ふたり》がいないことを思《おも》い出《だ》す。

「さがしてる途中《とちゅう》なんだった！　あのっ、柏木《かしわぎ》さん！　ふっ、二人《ふたり》はまだ、外《そと》にいて……」

オロオロしながらうったえるあたしに、柏木《かしわぎ》さんは首《くび》をかしげる。

「それは……ありえないと思《おも》います。三人《にん》で出《で》て行《い》かれたあと、青羽《あおば》さまと白瀬《しらせ》さまは、**すぐにもどってこられました**ので」

えっ？　まさかあの二人《ふたり》、じぶんの部屋《へや》にこもりに……。

「う、裏切《うらぎ》られた。あたしをだますなんて──」

「そんなことより、きみ。時間《じかん》がない。はやく、しごとをはじめるぞ」

エドくんは、勝手《かって》に話《はなし》をすすめる。

「まず、ディナーに使《つか》えるものをさがそう。電気《でんき》の代《か》わりになる、明《あ》かりなどはあるか？」

「そうですね。懐中電灯《かいちゅうでんとう》やランタンなどはありますが、数《かず》が少《すく》なくて……」

「災害用具《さいがいようぐ》では、トラブルに気《き》づかれる。もっと、演出《えんしゅつ》に使《つか》えそうなものはないのか？」

「演出《えんしゅつ》……あ、それなら！」

柏木《かしわぎ》さんの声《こえ》が、高《たか》くなる。

「**キャンドル**は、いかがでしょうか？　じつは今週末《こんしゅうまつ》、当《とう》ホテルで予定《よてい》していた結婚式《けっこんしき》がキャンセルになりまして……式《しき》の演出《えんしゅつ》に用意《ようい》していたキャンドルが、大量《たいりょう》に余《あま》ってしまったんです」

「キャンドルか……悪《わる》くはない。それで、どこにあるんだ？　おれたちが、とりに行《い》く」

「**東館《ひがしかん》の3階《がい》のチャペル**に、置《お》いたまま……って、お二人《ふたり》がとりに!?　それはいけません！」

柏木《かしわぎ》さんが、あわてて止《と》める。

「この暗《くら》やみの中《なか》、迷路《めいろ》のような建物《たてもの》の中《なか》を歩《ある》き回《まわ》るなんて……。お客《きゃく》さまたちに、そんな危険《きけん》なことはさせられませんっ。それは、わたくしどものしごとで――」

「人手《ひとで》が足《た》りないだろ」

エドくんが、ズバリ言《い》う。

「警備《けいび》の問題《もんだい》で、もともと少《すく》ないスタッフの数《かず》を、さらに少《すく》なくしてあるんだろう？　レストランの片付《かたづ》けに、人手《ひとで》が必要《ひつよう》なはずだ。それに、**ガラスの破片《はへん》が落《お》ちているココのほうが、よっぽど危険《きけん》だ。**ケガをするリスクが高《たか》い」

エドくんの指摘《してき》に、柏木《かしわぎ》さんはなにも言《い》い返《かえ》せない。

か、完全《かんぜん》にホテルを取《と》り仕切《しき》ってる……。

「おれはふだんから、入《い》り組《く》んだ建物《たてもの》には慣《な》れている。このホテル内《ない》の道《みち》も、だいたい分《わ》かっている。萌黄《もえぎ》くらら。きみは、おれのあとをついてこい」

「あ、うん！　……って、だからあたし、エドくんの指示《しじ》にはしたがわないって！」

「なぜ、指示《しじ》にしたがうのをイヤがる？」

「だって、**ただ指示《しじ》にしたがうだけなんて、しごとじゃないもん**」

ぎゅっとこぶしをつくって、言《い》い返《かえ》す。

「あたしには、あたしの『しごとのしかた』があるの！　いつだって、じぶんでちゃんと考《かんが》えて、しごとを成功《せいこう》させてきた。いくら大統領《だいとうりょう》の子《こ》どもでも、それだけはゆずれません！」

玄《げん》と凛《りん》がいなくても、負《ま》けないんだから！

「……分《わ》かった」

意外《いがい》と、エドくんは素直《すなお》にうなずいた。

それから、ゆっくりあたしに顔《かお》を寄《よ》せる。

「言《い》い方《かた》を変《か》えよう。これは、**社長命令《しゃちょうめいれい》だ**」

「……へっ？　しゃ、社長《しゃちょう》って？」

「おれだって、小学生《しょうがくせい》で社長《しゃちょう》だ」

ウソ。この子《こ》も、社長《しゃちょう》……？

「さあ、この懐中電灯《かいちゅうでんとう》を持《も》て。行《い》くぞ」

エドくんは、さっさと歩《ある》き出《だ》す。

「ま、まってよ！」

しかたないから、あとを追《お》いかける。

こんな暗《くら》い中《なか》、一人《ひとり》で行《い》かせるわけにいかない。

それに、はじめて会《あ》えた――あたし以外《いがい》の、小学生社長《しょうがくせいしゃちょう》。

ぜったいナイと思《おも》っていた、**大《おお》きな大《おお》きな共通点《きょうつうてん》。**

もしかしたら、もしかしたら……。

あたしたち、**仲《なか》よくなれるかもしれないじゃん！**

4　共同作業《きょうどうさぎょう》です！

「だから右《みぎ》だって！」

「いいや、左《ひだり》だ！」

おたがい、また、真正面《ましょうめん》からにらみ合《あ》う。

「きみは、ゆずる気《き》がないようだな」

「そっちこそ……」

あたしたちやっぱり、**仲《なか》よくなれません！**

左右《さゆう》に道《みち》が分《わ》かれているフロアの真《ま》ん中《なか》で、**本日《ほんじつ》二回目《かいめ》のケンカ中《ちゅう》です。**

「おれは、ちゃんと道《みち》が分《わ》かると言《い》っただろ。チャペルへ行《い》くには、ココを左《ひだり》にすすむんだ！」

「ち・が・い・ま・す！　左《ひだり》に曲《ま》がったら、あたしの部屋《へや》にもどっちゃいます！」

「なぜ、きみの部屋《へや》にもどると言《い》い切《き》れるんだ？　理由《りゆう》はなんだ？」

「だって、**この絵《え》**をおぼえてるもん」

ビシッ！

ほかの絵《え》より、何倍《なんばい》も大《おお》きい額《がく》にかざられた絵《え》を指《ゆび》さす。

「この絵《え》――なんか、具合《ぐあい》が悪《わる》そうな人《ひと》が、**助《たす》けて〜**って言《い》ってる絵《え》を、部屋《へや》に向《む》かう目印《めじるし》にしてたもん！（ぜったい、この絵《え》だった！……と思《おも》うの。たぶん）」

「ぐっ、具合《ぐあい》が悪《わる》いだと……？　**それは、ムンクの『さけび』という絵《え》だ！**」

エドくんが、あたしより大《おお》きな声《こえ》で、言《い》い返《かえ》してくる。

「絵《え》の人物《じんぶつ》は具合《ぐあい》が悪《わる》いんじゃなくて、まわりのさけび声《ごえ》におびえて耳《みみ》をふさいでいるんだ」

えっ！　そうなんだ！。

「こんな有名《ゆうめい》な絵《え》を知《し》らないなんて……。やっぱり、きみの言《い》うことは信用《しんよう》できない。さっさと、左《ひだり》に進《すす》むぞ」

「絵《え》で判断《はんだん》するなんて、ヒドい！　ぜったい右《みぎ》デス！　**社長《しゃちょう》のカン**がそう言《い》ってるの！」

「けっきょくカンじゃないか！　理由《りゆう》がないのと同《おな》じだろっ」

あ。

「あたしのカンはスゴいんだよ!?　今《いま》まで会社《かいしゃ》のピンチを、なんども救《すく》ってきたんだから」

「きみの会社《かいしゃ》のピンチなんて、おれは知《し》らない」

「なっ！　あたしだって、エドくんの会社《かいしゃ》のことなんて――」

……そういえば、ホントになにも知《し》らない！

「ちょっとまって。エドくん、**本当《ほんとう》に社長《しゃちょう》**なんだよね？」

「おれが、ウソをついているって言《い》うのか？」

「そういうワケじゃないけど……あたし、なにも教《おし》えてもらってないもん」

「そうだったか。それなら、『**ハーフ・イートン・パズル**』は知《し》っているよな？」

エドくんは自信満々《じしんまんまん》に、たずねてくる。

「はーふ……？　あっ、『**食《た》べかけパズル**』のこと？　もっちろん！」

みんな使《つか》ってる、**大人気《だいにんき》アプリゲーム**じゃん。

だれかに食《た》べられて欠《か》けた食《た》べ物《もの》のピースをさがして組《く》み合《あ》わせて、正《ただ》しい形《かたち》に完成《かんせい》させるの。

一見《いっけん》カンタンそうなパズルに思《おも》えて、ちょ～タイヘンなんだよ？

ピースの組《く》み合《あ》わせを一度《いちど》でも失敗《しっぱい》すると――なんと、**食《た》べ物《もの》がバクハツしちゃうの！**

食《た》べることが大好《だいす》きなあたしがチャレンジするには、ぴったりなゲーム！

「あのゲーム、巨大《きょだい》ピザがむずかしいよね！　もう、何枚《なんまい》バクハツさせて、まっ黒《くろ》コゲにしたことか……って、そのアプリと、なにが関係《かんけい》あるの？」
「そのアプリゲームを開発《かいはつ》したのは、**おれの会社《かいしゃ》**
——というか、**おれだ**」
……へっ？
「あ、ああ、あのゲーム、つくったの？　じぶんで？」
開《あ》いた口《くち》がふさがらない。
ア、アプリゲームをつくった……？
あたしと同《おな》じ、小学生《しょうがくせい》が……？

「これで、おれのスゴさが分《わ》かっただろ」

エドくんがうでを組《く》んで、少《すこ》しむねをそらす。

「だからきみは、おとなしく、おれの指示《しじ》に——」

「スゴい！　スゴすぎるよ！」

素直《すなお》に、力《ちから》いっぱい感心《かんしん》する。

「ゲームをつくっちゃうなんて……しかも、みん

なを夢中《むちゅう》にさせちゃうゲームをつくれるなんて、天才《てんさい》だよ！　わあぁ〜、**食《た》べかけパズルゲームを発明《はつめい》した人《ひと》に会《あ》えるなんて〜！**」

ぴょんぴょんとびはねて、はしゃぐ。

エドくんは、すこしとまどった顔《かお》をする。

「……きみ、切《き》りかえがはやいな。さっきまで、あんなにうたがっていたのに」

「エドくんだって、そうじゃん。ていうか、アプリ会社《がいしゃ》なんだ？　最先端《さいせんたん》〜！　なんて会社名《かいしゃめい》なの？　なにきっかけで、会社《かいしゃ》をたち上《あ》げたの？　ほかに仲間《なかま》はいるの？　ねえ——」

「い、一気《いっき》に質問《しつもん》されても分《わ》からないだろっ」

「だって！　**同《おな》い年《どし》で、正真正銘《しょうしんしょうめい》の社長《しゃちょう》**の子《こ》に会《あ》えたのははじめてだもん！　聞《き》けることは、聞《き》かなくっちゃ！

「なんであんなオモシロい、アプリゲームを、思《おも》いつけたの？　ゲーム好《ず》きなの？」

「おれは、そこまでゲームはやらない。アプリにも、それほどキョーミもない」

「ええ？　じゃあなんで、アプリ会社《がいしゃ》をたち上《あ》げたの？」

あたしはアイデアを考《かんが》えるのが好《す》きだから、たち上《あ》げたんだし。

「……**母《かあ》さん**の力《ちから》になりたくて」

エドくんの声《こえ》が、少《すこ》し小《ちい》さくなる。

「ママさん？　ていうことは、大統領《だいとうりょう》？」

「おれがさいしょにつくったアプリはゲームじゃなくて、『キャット・ベル』っていう、スマホの持《も》ち主《ぬし》のスケジュールを、ネコのアバターが管理《かんり》して教《おし》えてくれるアプリだったんだ」

「それ、あたしのママが使《つか》ってる！」

予定《よてい》の時間《じかん》になると、ネコちゃんがお知《し》らせしてくれるの。

同時《どうじ》に、「エサほしい」とか、「さむいよ」とか、お世話《せわ》のおねだりをするんだって。

「ネコちゃんをお世話《せわ》しなくちゃだから、ぜったいに予定《よてい》を忘《わす》れなくなったって言《い》ってた」

「おれの母《かあ》さんも、忙《いそが》しすぎて予定《よてい》を忘《わす》れることがあるって、こまっていたから。ペットを育《そだ》てながらならぜったいに忘《わす》れないし、息抜《いきぬ》きにもなると考《かんが》えたんだ。さいしょにアプリを教《おし》えたとき、久々《ひさびさ》に母《かあ》さんの笑《わら》った顔《かお》を見《み》られた」

表情《ひょうじょう》は変《か》わらないけれど、どこかうれしそうに鼻《はな》をヒクヒクさせる。

やっぱり、家族想《かぞくおも》いなんだよなあ……。

「母《かあ》さんが言《い》ったんだ。おれは、『みんなが、楽《たの》しく使《つか》えるアプリを考《かんが》えるのに向《む》いている』って。だから、会社《かいしゃ》をたち上《あ》げた」

「へえ！　ママさん、めっちゃよろこんだでしょ？　『食《た》べかけパズル』だって、大《だい》ヒットだし」

「いや……**それはどうかな**」

エドくんは、ふっと目《め》をふせた――ように見《み》えた。

「ん？　エドくん、どうし――」

チャララララ〜〜〜♫　チャララ〜〜〜♫

「！」

またピアノの音《おと》。

しかも、同《おな》じ曲《きょく》。

こんどは、はっきり聞《き》こえる。

「近《ちか》いな」

エドくんが、キリッとした顔《かお》にもどる。

「だが、だれが弾《ひ》いているんだ？」

「あたし、この曲《きょく》を聴《き》くのは二回目《かいめ》……ううん、もっと聴《き》いたことがある」

コレって、もしかして――。

「エドさま！」

とつぜん、ピアノの音《おと》は、だれかの声《こえ》にかき消《け》された。

ふり返《かえ》ると、ボディーガードさんが、あわてた様子《ようす》でこっちに向《む》かって来《く》る。

「ああ、よかった。ちょうどこの階《かい》にいらして……」

「どうした？」

「じつは、大統領《だいとうりょう》が目《め》を覚《さ》まされて、少《すこ》しパニックになっておられるのです」

「もう目《め》が覚《さ》めたのか」

「ただいま、支配人《しはいにん》と話《はな》しておられます。**とにかく、エドさまのことを心配《しんぱい》されていて……**」

「しかたない、一度《いちど》部屋《へや》にもどるか」

エドくんはすぐに決断《けつだん》したあと、あたしの手《て》をさらりとにぎった。

「きみも行《い》くぞ」

「えっ？　あたしも？」

「こんな暗《くら》がりの危《あぶ》ない場所《ばしょ》に、きみを一人《ひとり》で置《お》いて行《い》けるわけないだろ」

心配《しんぱい》してくれている？　ってコトなのかな。

「さあ、急《いそ》ぐぞ」

「えっ、あっ、でも」

ふり返《かえ》ったけど、もう、ピアノのメロディーは聞《き》こえない。

やっぱり、ちがったかな……？

「ねえ！」

くるっと、エドくんの方《ほう》に向《む》きなおる。

「エドくんママって、どんな人《ひと》？　似《に》てるの？」

「さあ、どうかな」

会《あ》えるの、**わくわくするな〜〜〜**。

エドくんに、会社《かいしゃ》をたち上《あ》げるようススメた人《ひと》だもんね！

もしかしたら、気《き》が合《あ》うかも。おしごとの話《はなし》、いろいろできたりして〜……おしごと!?

まってまってまって！　エドくんママのおしごとは……。

あたしこれから、**大統領《だいとうりょう》とご対面《たいめん》ってコト!?**

「――よし、入《はい》るぞ」

「う、うん……**ああ、まって！**　もう一回《いっかい》、**深呼吸《しんこきゅう》**してからっ」

「きみ、さっきから同《おな》じことをくり返《かえ》しているぞ。いいかげん、入《はい》るぞ」

ああ！　まだ心《こころ》の準備《じゅんび》が……。

エドくんが、ドアを開《あ》けた――。

「エド!!」

入《はい》るなり、ボブカットの女《おんな》の人《ひと》がかけ寄《よ》ってきた。

エドくんの肩《かた》をしっかりつかんで、ゆさぶる。

「よかったわ、無事《ぶじ》で、ホントに……」

大統領《だいとうりょう》だって思《おも》ったら、ちょっとコワかったけど……。

けっこうフツーのママさん？　っぽい。

すぐそばにいるあたしが目《め》に入《はい》らないくらい、エドくんを心配《しんぱい》している。

「ああ、ぜんぜん大丈夫《だいじょうぶ》。だから心配《しんぱい》しないで」

エドくんは、すごくやさしい声《こえ》で答《こた》える。

なんだか、さっきまでと別人《べつじん》みたい。

「目《め》が覚《さ》めたら、外《そと》は大雨《おおあめ》と嵐《あらし》でびっくりよ。おまけに部屋《へや》はまっ暗《くら》。いま、支配人《しはいにん》から話《はなし》を聞《き》こうとしていたんだけど……ねえ、**本当《ほんとう》に、停電《ていでん》トラブルではないのよね？**」

大統領《だいとうりょう》が、柏木《かしわぎ》さんをふり向《む》く。

「も、もちろんでございます。点検《てんけん》をしているだけでありまして……」

「でも、スマホの電波《でんぱ》も通《つう》じないのよ？」

「そ、それは……」

「この島《しま》はもともと、電波《でんぱ》が入《はい》りにくいんだ」

口《くち》ごもる柏木《かしわぎ》さんのかわりに、エドくんがサッと口《くち》をはさむ。

「それに休暇中《きゅうかちゅう》なら、スマホはいらないだろ？　しごとの連絡《れんらく》に、ジャマされるだけだ」

「そうだけど……。でも、エドだって、楽《たの》しくないでしょ。あなたが望《のぞ》むなら、ほかのホテルに移《うつ》れるように手配《てはい》するわ」

「それはイヤだ。**おれは、ココにいる**」

エドくんは、即答《そくとう》する。

「ディナーは予定《よてい》どおりあるし、時間《じかん》までゆっくりしていて」

「ゆっくりねえ。本当《ほんとう》はビーチを散歩《さんぽ》して、いろいろ考《かんが》えたかったんだけど……」

大統領《だいとうりょう》が、窓《まど》の外《そと》の、あれている景色《けしき》を見《み》つめる。

「天気《てんき》も言《い》ってるのかもね。**これ以上《いじょう》、しごとをムダにがんばるなって……**はあ」

つぶやいて、大《おお》きなため息《いき》をつく。

エドくんが言《い》うとおり、失敗《しっぱい》したしごとのことで落《お》ち込《こ》んでいるんだ。

「**そんなふうに考《かんが》えたら、ダメだ！**　天気《てんき》はすぐに良《よ》くなるし、なにもかも大丈夫《だいじょうぶ》だから」

エドくんは、必死《ひっし》に言《い》う。

――久々《ひさびさ》に母《かあ》さんの笑《わら》った顔《かお》を見《み》られた。

さっきのエドくんの言葉《ことば》が、頭《あたま》に思《おも》い浮《う》かぶ。

エドくんは、とにかく大統領《だいとうりょう》――ママさんに、よろこんでほしいんだ。

ディナーを成功《せいこう》させられなかったら、計画《けいかく》したエドくんも傷《きず》つくわけで……。

はやく、新《あたら》しいおもてなしのアイデアを考《かんが》えないと！

ん～。こんなまっ暗《くら》でも、不安《ふあん》にならないおもてなし……。

ワイワイ、にぎやかなカンジ？　いや、暗《くら》い中《なか》で楽《たの》しくさわぐことなんて……**あ。**

あの設定《せってい》が、使《つか》えるかも。

「大統領《だいとうりょう》、お話《はなし》があります！」

ひょいっと、エドくんの前《まえ》に出《で》る。

「えっと、あなたは？」

大統領《だいとうりょう》がやっと気《き》づいて、目《め》をパチクリさせる。

「あたしは、萌黄《もえぎ》　くららです。じつはエドくんは――いえ、このホテルのみんなは、かくしごとをしているんです！」

あたしは、堂々《どうどう》と言《い》ってしまう。

エドくんも柏木《かしわぎ》さんも、ぎょっとした顔《かお》をする。

大統領《だいとうりょう》は、「やっぱりね……」と、さらにけわしい表情《ひょうじょう》を見《み》せる。

「いや、この子《こ》がまちがってるんだ。きみ、なに言《い》って――」

「だって、ホントのことでしょ？　大統領《だいとうりょう》をだまそうなんて、できるわけないよ」

せきばらいをしてから、人《ひと》さし指《ゆび》を立《た》てる。

「じつはですね――今《いま》、スペシャル&《アンド》トクベツなおもてなしの準備《じゅんび》をしているんです！」

大丈夫《だいじょうぶ》だよ、計画《けいかく》はかならず成功《せいこう》させる。

そう心《こころ》のなかで言《い》いながら、エドくんにウィンクする。

「スペシャル？　トクベツなおもてなし？　こんな暗《くら》やみで、電波《でんぱ》も通《つう》じない状態《じょうたい》で？」

大統領《だいとうりょう》はまゆを寄《よ》せながら、部屋《へや》の中《なか》をキョロキョロする。

「**こんな暗《くら》やみでしか、できないことなんです！　電波《でんぱ》はわざと通《つう》じないように、**しているんです。このスペシャル&《アンド》トクベツなおもてなしは、明《あ》かりも電波《でんぱ》もなくても、わくわく楽《たの》しめる——いいえ、むしろジャマなので、追《お》い払《はら》っちゃいました！　つまりコレは、**演出《えんしゅつ》なのです！**」

と言《い》って、柏木《かしわぎ》さんの方《ほう》を見《み》る。

「そうですよね！　柏木《かしわぎ》さん」

「え？　ええ！　そ、そうです！　そうなんです！」

柏木《かしわぎ》さんが、いそいでうなずく。

「萌黄《もえぎ》さまは、日本《にほん》で有名《ゆうめい》なアイデア会社《がいしゃ》の社長《しゃちょう》なんです。今回《こんかい》、オブザーバーとして、協力《きょうりょく》いただいております」

おぶさーばーって、なに？　まあ、いいや。

「とにかく、どーんっとまかせてください！　このあたしがいるかぎり、ホテルにどんなトラブルが起《お》こっても……じゃなくて。どんなお客《きゃく》さんが来《き》ても、**ぜったいサイコーのおもてなしをしてみせます。**だから、大統領《だいとうりょう》もめっっちゃ期待《きたい》して、まっていて――」

「きみは、それ以上《いじょう》しゃべるなっ」

ぐるん！

エドくんが、あたしの体《からだ》をドアに向《む》かせる。

「母《かあ》さん、そういうことだから。おれは気《き》になるから、少《すこ》し様子《ようす》を見《み》てくるよ」

エドくんにぐいぐい背中《せなか》をおされて、部屋《へや》を出《で》る。

なんでそんなに、あわててるんだろう？

「――おい、きみ」

部屋《へや》をはなれてから、エドくんに呼《よ》び止《と》められた。

「一つ、言《い》いたいことがある」

「なに？　あ、もしかして、**お礼《れい》？**　いやいや、あたしは社長《しゃちょう》としてトーゼン……」

「なぜもっと、現実的《げんじつてき》なプランを言《い》えなかったんだ？」

……え。

まさかの発言《はつげん》に、目《め》が点《てん》になる。

「スペシャルで～とか、**抽象的《ちゅうしょうてき》で現実味《げんじつみ》のないことばっかり言《い》って……**。準備《じゅんび》は何《なに》もすすんでいないのに、じぶんからハードルを上《あ》げてどうする？　いくらキャンドルを手《て》に入《い》れても、**そんなびっくりするようなサービスはできない**。キャンドルの演出《えんしゅつ》は、定番中《ていばんちゅう》の定番《ていばん》だからな」

お礼《れい》を言《い》うどころか、めっちゃダメ出《だ》ししてくる！

「とにかく、もっと実現可能《じつげんかのう》なプランを提案《ていあん》するように――」

「まって、今《いま》なんて？」

ストップをかける。

「エドくん。それでも社長《しゃちょう》なの？」

「どういうイミだ？」

「**社長《しゃちょう》のしごとは、**周《まわ》りが無茶《むちゃ》だって思《おも》うことを叶《かな》えてみせることでしょ？　実現《じつげん》できそうなことを実現《じつげん》するのは、あたりまえ。**社長《しゃちょう》はいつだって、高《たか》いハードルを越《こ》えるの。**ていうかー――」

どんっと、じぶんのむねをたたく。

「あたし、ちゃーんと具体的《ぐたいてき》な、スペシャル＆《アンド》トクベツなおもてなし、考《かんが》えちゃったし！」

「そうなのか!?」

「さすが、萌黄《もえぎ》さまです！」

エドくんはおどろき、柏木《かしわぎ》さんは手《て》をたたいてよろこぶ。

「それで、そのおもてなしとは？」

「おまつりですよ、**お・ま・つ・り！**」

二人《ふたり》がそろって、首《くび》をかしげる。

あたしは、鼻《はな》を高《たか》くして説明《せつめい》をはじめる。

「あたしたちが今抱《いまかか》えている最大《さいだい》のピンチは、この暗《くら》やみです。こんなまっ暗《くら》で、なにが楽《たの》しめるの？　って。でも**おまつりは、暗《くら》くなってからが本番《ほんばん》**じゃないですか」

カレンちゃんたちと行《い》った、夏祭《なつまつ》りを思《おも》い出《だ》しながら話《はな》す。

「辺《あた》りが暗《くら》くなればなるほど、おまつりの会場《かいじょう》は明《あか》るく、にぎやかになる。さて！　それは、ナゼでしょうか？」

凛《りん》みたいに、クイズっぽくたずねてみる。

エドくんと柏木《かしわぎ》さんが、いっせいに考《かんが》えだす。

「にぎやかになるのは、開始時間《かいしじかん》に合《あ》わせて客《きゃく》が集《あつ》まりはじめるからだろ」

「それは、もちろんそう！　でも、明《あか》るくなるのはナゼだと思《おも》う？」

「暗《くら》くなればなるほど、明《あか》るくなる……おまつり……あ、**提灯《ちょうちん》ですね！**」

「正解《せいかい》ですっ」

「ちょーちん？　なんだ、それは」

「ロウソクの火《ひ》を筒《つつ》のような容器《ようき》で囲《かこ》んだ、日本特有《にほんとくゆう》の照明器具《しょうめいきぐ》です」

柏木《かしわぎ》さんが、エドくんにていねいに説明《せつめい》する。

「提灯《ちょうちん》をい〜っぱいつくって、キャンドルの火《ひ》をかこみましょう！　明《あか》るさも出《で》るし、おまつり感《かん》を出《だ》せるし……レストラン中《じゅう》を、楽《たの》しい日本《にほん》のおまつりのようにかざりつけて、大統領《だいとうりょう》を出《で》むかえるんです。名付《なづ》けて、**『おまつりおもてなし』**！　どうですか!?」

「ふん……いいかもしれない」

意外《いがい》と、エドくんがすぐにうなずく。

「母《かあ》さんもおれも、日本《にほん》のまつりは体験《たいけん》したことがない。トクベツに、感《かん》じられるかもな」

「ぜったい、感《かん》じるよ！　そうだ。ディナーのメニューも、屋台《やたい》の雰囲気《ふんいき》を味《あじ》わえるようなものにしましょう！　**焼《や》きそば、たこ焼《や》き**……**あと、チョコバナナ！**」

「それは楽《たの》しそうですね！　当《とう》ホテルでは、一度《いちど》も試《こころ》みたことがないおもてなし……」

柏木《かしわぎ》さんも、よろこんで賛成《さんせい》――。

「……いえ。**そのおもてなしは、やめましょう**」

とたんにむずかしい顔《かお》になって、首《くび》を横《よこ》にふる。

「な、なんでですか？　用意《ようい》するのが、むずかしいとか？」

「そうではありません。さいしょにお話《はな》ししましたとおり、当《とう》ホテルは、**ＶＩＰなお客《きゃく》さまのみ**をおもてなししております。なにより本日《ほんじつ》は、大統領《だいとうりょう》――ＶＩＰ中《ちゅう》のＶＩＰへの、トクベツなおもてなしを成功《せいこう》させなくてはいけません。そのような、**庶民的《しょみんてき》なおもてなし**では満足《まんぞく》されないでしょう。もっと、**上品《じょうひん》で高級感《こうきゅうかん》のあるおもてなし**にいたしましょう」

か、柏木《かしわぎ》さん？

まるで、あの千堂《せんどう》オーナーが言《い》いそうなことを……。

ショックだよ。だって、トクベツは――。

「トクベツは、高《たか》ければいいというものじゃない」

まさかだった。

エドくんが、あたしが思《おも》っていることと同《おな》じことを、口《くち》にした。

「どんな理由《りゆう》からそうして、どれだけ想《おも》いを込《こ》めたかが、唯一無二《ゆいいつむに》のトクベツをつくるんだ。母《かあ》さんだって、値段《ねだん》の高《たか》さだけで、よし悪《あ》しを判断《はんだん》するような人《ひと》じゃない」

「そうです！　**高級《こうきゅう》であることと、トクベツであることは、イコールじゃありませんっ。**いくら高《たか》くてキレイでおいしいご飯《はん》でも、わくわくしたり、楽《たの》しさを感《かん》じられたりしなかったら、トクベツじゃありません！」

柏木《かしわぎ》さんが、ハッとした顔《かお》をする。

「そう、ですよね……お金《かね》をかけることだけが、正《ただ》しいおもてなしではないですよね」

「もちろんです！　なんで、賛成《さんせい》できないんですか？」

「大失敗《だいしっぱい》のあと、オーナーに言《い》われたんです。おもてなしに一番《いちばん》だいじなことは、どれだけ相手《あいて》のことを考《かんが》えるかではなく、どれだけお金《かね》をかけるかだ。お金《かね》をかけられて、うれしくない客《きゃく》はいないから、と」

な、なにそれ！

「たしかに、わたくしのアイデアよりも、かくじつによろこんでもらえる方法《ほうほう》なのかもしれないと、思《おも》うようにしていました……ですが、**お二人《ふたり》の言葉《ことば》で、目《め》が覚《さ》めました**」

柏木《かしわぎ》さんの表情《ひょうじょう》が、イキイキしはじめる。

「わたくし、おまつりおもてなしに、すごくわくわくしました！　ぜひ、そのアイデアですすめましょう！」

「そうこなくっちゃ！　メニューを大変更《だいへんこう》ですね！」

「ハイッ！　すぐにシェフの林《はやし》に——**ああ！　そうでした！**」

こんどは、顔《かお》をしかめる柏木《かしわぎ》さん。

「停電《ていでん》になってから、姿《すがた》が見当《みあ》たらなかったんだった……」

「どこかでケガでもしてるとか!?」

「それはないと思《おも》います。彼《かれ》の場合《ばあい》、**もっとめんどうなことを考《かんが》えている可能性《かのうせい》が……**」

柏木《かしわぎ》さんは頭《あたま》をかかえて、ブツブツ言《い》う。

「とにかく、全力《ぜんりょく》でさがします。ほかのスタッフたちには、早急《さっきゅう》にレストランの片付《かたづ》けと、おまつり風《ふう》のかざりつけの準備《じゅんび》をするよう、指示《しじ》します」

「じゃああたしたちは、このままキャンドルをとりに行《い》きます！」

柏木《かしわぎ》さんと別《わか》れて、またエドくんと二人《ふたり》きりになる。

「よし！　チャペルへ向《む》かって、レッツゴー！」

「まて。その前《まえ》に……」

とつぜん、エドくんは右手《みぎて》をさし出《だ》した。

「しごとの、契約《けいやく》のし直《なお》しをするぞ。ここからは、**協業**《きょうぎょう》でいこう」

「きょう、ぎょう？」

「共同作業《きょうどうさぎょう》というイミだ。つまり、きみは、おれと**対等**《たいとう》**なパートナー**だとみとめる」

いきなりどうした!?

「きみが言《い》った——社長《しゃちょう》はつねに高《たか》いハードルを越《こ》えるべきという意見《いけん》は、たしかにまちがっていないと思《おも》った」

「え、ホント？」

「おれは、ウソはつかない。それに、この短時間《たんじかん》で思《おも》いつける発想力《はっそうりょく》はなかなかだし、その内容《ないよう》も悪《わる》くなかった。だから——**みとめる**」

やっぱり、切《き》りかえがはやいっ！　……でも、**うれしい。**

ようやく、あたしを一人《ひとり》の社長《しゃちょう》として見《み》てくれた。

さっきは考《かんが》えてることもバチッと合《あ》って、**サイコーに気持《きも》ちよかった！**

「でも……なんでわざわざ握手《あくしゅ》なの？」

「対等《たいとう》にしごとをし合《あ》うなら、ちゃんと手《て》を結《むす》ばなくちゃダメだろ」
エ、エ、エドさま〜〜〜〜!!
「いいよ！　めっちゃ握手《あくしゅ》しよう！」

エドくんの右手《みぎて》をとって、ぶんぶんと大《おお》きくふる。

「イタい！　手《て》がとれるだろ!?」

「あ、ゴメン。すごくうれしくって……そうだ！　対等《たいとう》だっていうなら、きみ呼《よ》びはやめて。ちゃんと、名前《なまえ》で呼《よ》んでほしいです！」

「それが契約《けいやく》の条件《じょうけん》なら、いいだろう。……**くらら**」

「ハイ！　よろしくね、エドくん！」

なんか、玄《げん》と凛《りん》といるみたいに、楽《たの》しくなってきたかも。

「……って、ああ！　**玄《げん》と凛《りん》を、はやく見《み》つけなくちゃ！**」

「その二人《ふたり》は、社員《しゃいん》なのか？　あまり、記事《きじ》には載《の》っていなかったが」

「玄《げん》が副社長《ふくしゃちょう》で、凛《りん》は広報《こうほう》なの。二人《ふたり》とも、恥《は》ずかしがり屋《や》なんだよね」

「二人《ふたり》なら、ホテルのどこかにいるし、いずれ出会《であ》えるだろ」

「今《いま》すぐ会《あ》いたいの！　アイデアを形《かたち》にするためには——カンペキなおまつりおもてなしを完成《かんせい》させるためには、**二人《ふたり》の力《ちから》が必要《ひつよう》だから**」

あたしの、『しごとのしかた』のだいじな部分《ぶぶん》だ。

「玄《げん》は手先《てさき》がめっちゃ器用《きよう》だし、凛《りん》は気《き》づかない欠点《けってん》をフォローしてくれる」

それに、もっといっしょに、いろんなアイデアを考《かんが》えてほしいし……。


ドーーーーッン、ドドンッ、ドンッ！


「この音《おと》はなんだ？」

「もしかして……太鼓《たいこ》の音《おと》!?」

そういえば、太鼓《たいこ》の演奏《えんそう》も計画《けいかく》してたって言《い》ってたよね。

ピアノの次《つぎ》は、太鼓《たいこ》？

ていうか、このリズムもどこかで聴《き》いたことが……。

「もしかして……**やっぱり玄《げん》!?**」

「げん？　さっき言《い》ってた社員《しゃいん》か？」

「うん！　玄《げん》、ピアノ習《なら》ってたの。さっきの曲《きょく》は、家《いえ》に遊《あそ》びに行《い》ったときに、よく聴《き》いたもん」

幼稚園《ようちえん》から小学校低学年《しょうがっこうていがくねん》まで、レッスンの先生《せんせい》が来《き》てたんだ。

あっ。この話《はなし》、**ほかの人《ひと》にはぜったいにするな**って言《い》われてたんだ（おこられる……まあ、緊《きん》急事態《きゅうじたい》だし、しかたないってコトで！）。

「それに、今《いま》のこの太鼓《たいこ》のリズムは、運動会《うんどうかい》の応援《おうえん》のときの……**そっか！**」

玄《げん》の考《かんが》えが分《わ》かって、ぽんっと手《て》をうつ。

「**玄《げん》はずっと、ココにいるって合図《あいず》してたんだ！**」

すぅ――と、大《おお》きく息《いき》を吸《す》い込《こ》む。

「**げ――――――ん！**」

ピタッと、太鼓《たいこ》の音《おと》が止《や》む。

耳《みみ》をすまして、しばらくまつ……。

「――くらら！」

玄《げん》の声《こえ》っぽい！

もしかしたら、凛《りん》もいっしょかも！

「おーーい！　こっちだよーーーー！」

大声《おおごえ》で呼《よ》びつづけながら、あたしもかけ出《だ》す――。

クシャ。

出《だ》した右足《みぎあし》で、なにか踏《ふ》んだ音《おと》がした。

足《あし》をどけると、一枚《まい》のメモ紙《がみ》が落《お》ちていた。

「なにこれ？　えーっと……」

【財宝《ざいほう》を盗《ぬす》んだ者《もの》、かならずのろう】

ホントに、**なにこれ!?**

なななな、なんで、こんなメッセージがココに……ハッ！

もしかしてコレ、凛《りん》が言《い》ってた**海賊《かいぞく》ののろい**というものでは!?

「で、ででても、海《うみ》の中《なか》には船《ふね》なんてなかったし。財宝《ざいほう》だって盗《ぬす》んで……あ」

あることを思《おも》い出《だ》して、ポケットに手《て》をふれる。

あの**青《あお》いメダル**。

持《も》ち帰《かえ》って、ポケットに入《い》れたまま忘《わす》れてた……。

「もしかして、メダルは海賊《かいぞく》の――」

ピカッ！

カミナリが光《ひか》る。

廊下《ろうか》の先《さき》には、大量《たいりょう》のメモ紙《がみ》――海賊《かいぞく》からのメッセージが落《お》ちていた。

目《め》をそらすように横《よこ》を向《む》くと、窓《まど》には、ユーレイみたいな青白《あおじろ》い顔《かお》が……。

「どこにいる？　くらら……」

暗《くら》やみからひびく声《こえ》が、ブキミに聞《き》こえはじめる。

わわわっ、分《わ》かった！　太鼓《たいこ》をたたいているのは、玄《げん》じゃないんだ！

うううう、海《うみ》の底《そこ》から追《お》ってきた海賊《かいぞく》だよ！

あたしを誘《さそ》い出《だ》そうと、玄《げん》のフリをしているんだ……！


「……どこにいやがる？　出《て》てこい……！」

「ぎゃあああああああ！」


コワッ！

めっちゃ、おこってる！

めっちゃ、さがしてる！

ていうか、ものすごいスピードで、声《こえ》が近《ちか》づいてきてる！

「エドくんっ」

とっさに、手首《てくび》をつかむ。

「逃《に》げるよ！」

「は？　なんでとつぜん――」

「いいから！　いっしょに逃《に》げなくちゃ！」

Side《サイド》 玄《げん》

「くらら！　どこにいやがる!?　出《で》てこい！」

スマホのライトを照《て》らしながら、声《こえ》が聞《き》こえた方《ほう》へと走《はし》る。

「くらら！　……って、おい!!」

どこにもいねぇじゃねーか！

ドンッ！

ついイライラして、こぶしでカベをたたく。

「あのやろう、ヒトを呼《よ》んどいていなくなりやがった……」

なんでいなくなったんだ？

つーか、**あのガマガエルみたいなさけび声《ごえ》は、なんだったんだ？**

なにかにビビった……？
ピアノも太鼓《たいこ》も、コワがらせるつもりで鳴《な》らしてたわけじゃねーのに。
あいつはむしろ、音《おと》に寄《よ》ってくる方《ほう》だろ。
「ああ、くそっ。落《お》ちついて考《かんが》えられねぇ」
ムカつく——じぶんに。
こんなことなら、一人《ひとり》にさせるんじゃなかった。
あいつ、こういう状況《じょうきょう》で一人《ひとり》にさせると……。
いっしゅん、あのときのことを思《おも》い出《だ》す。

——不安《ふあん》だから……。

あの顔《かお》を思《おも》い出《だ》すだけで、ムカムカしてくる。
でも、首《くび》をふって、考《かんが》えないようにする。
今《いま》さら後悔《こうかい》したっておせーし、とにかくはやく

見《み》つけねーとな。

「おい、くらら！　さっさと、**おれんとこにもどってこい!!**」

グシャ。

なにかを踏《ふ》んだ音《おと》がして、とっさにライトで照《て》らす。

廊下《ろうか》にメモ紙《がみ》みたいなものが、あちこちに落《お》ちている。

「きもちわりーな。なんだ、いったい……」

紙《かみ》をひろって、そこに書《か》いてあるものを読《よ》む。

「そういうことかよ……！」

5　ホントのすがた

ドドドドドドドドドドッ！


どこに向《む》かっているか——は、よく分《わ》かりませんっ。

とにかく走《はし》って、走《はし》って、走《はし》りまくった。

そして、広《ひろ》い廊下《ろうか》に出《で》て転《ころ》がる。

「こ、ここまで来《く》れば……はあ、はあ」

「やっと止《と》まったか。ふう———……」

エドくんは、ひざをつきながら息《いき》をととのえる。

「いったい、急《きゅう》にどうしたんだ？　ちゃんと説明《せつめい》してくれ」

「説明《せつめい》する前《まえ》に、かくれる場所《ばしょ》をさがさないと……あのツボの中《なか》——は、ムリだよね」

「落《お》ちつけ。なにから、かくれると言《い》うんだ？」

「あたしたちを追《お》っている、**海賊《かいぞく》から**だよ！」

むねの前《まえ》でこぶしをにぎりながら、必死《ひっし》でうったえる。

「さっき、窓《まど》に映《うつ》ってたでしょ？　カミナリが光《ひか》って、**青白《あおじろ》い顔《かお》が……**」

「海賊《かいぞく》？　さっき窓《まど》に映《うつ》っていたのは、**くらら自身《じしん》の顔《かお》**だったぞ」

「へ？」

「カミナリの光《ひかり》に反射《はんしゃ》して、映《うつ》っていただろ」

エドくんは、ものすごく冷静《れいせい》に言《い》う。

あたし、じぶんの顔《かお》に、おどろいちゃったってコト……？

「ていうことは、さっきの声《こえ》はホンモノの玄《げん》……**あああ！**」

会《あ》えたかもしれないのに、やってしまった！

床《ゆか》に手《て》をついて、うなだれる。

「まったく。なぜ、そんなカンちがいをするんだ」

「だって、このメモ――海賊《かいぞく》からのメッセージを、見《み》つけたから……」

クシャクシャになった紙《かみ》を、見《み》せる。

「海底《かいてい》に、海賊《かいぞく》の船《ふね》があるんだって。**あたし、ユーレイになった海賊《かいぞく》につかまるの……うぅ～**」

「ただのイタズラだろう」

エドくんは、ズバッと言《い》った。

「たしかに、世界《せかい》の深海《しんかい》には、サビてボロボロになった沈没船《ちんぼつせん》が数多《かずおお》くある。**その中《なか》には、海賊《かいぞく》の船《ふね》も見《み》つかっている**」

「ほら〜」

「だが、この島《しま》で、そんなウワサは聞《き》いたことがない。それに、くららは財宝《ざいほう》を持《も》っていない」

「ううん。それが、持《も》ってるの……」

ポケットから、例《れい》のメダルをとり出《だ》す。

エドくんが、目《め》を見張《みは》る。

「それ……」

「盗《ぬす》むつもりなんて、なかったんだよ？ ダイビング中《ちゅう》に見《み》つけて、**だれかの落《お》とし物《もの》かと思《おも》って拾《ひろ》っただけで……あたし……**」

言《い》いながら、なみだが出《だ》そうになる。

「そうか。カンちがいしていたのは、おれの方《ほう》だったのか……**すまない**」

とつぜん、エドくんが神妙《しんみょう》な顔《かお》であやまった。

「ダイビング中《ちゅう》におれに声《こえ》をかけたこと、くだらないと言《い》って悪《わる》かった」

「えっ？　な、なに？」

「そのメダル、**おれのものなんだ**」

海賊《かいぞく》じゃなくて……エドくんの!?

全身《ぜんしん》の力《ちから》がぬけるほど、ホッとする。

やっぱり、海賊《かいぞく》が海《うみ》から追《お》いかけてくることなんてないんだ……。

「ああ、よかった～！　はい、返《かえ》すね」

エドくんは受《う》けとってすぐに、だいじそうに首《くび》にかける。

「本当《ほんとう》にキレイなメダルだね」

「コレは、**『キセキのメダイユ』**だ。幼《おさな》いころ、パリで母《かあ》さんが買《か》ってくれた」

「め、めだいゆ？」

「フランス語《ご》でメダルのことだ。むかし、パリで病気《びょうき》が流行《はや》ったときに、このメダルが作《つく》られ配《くば》られると、とたんにおさまったらしい。それ以来《いらい》、キセキのメダイユと呼《よ》ばれているんだ。**身《み》につけていると、本当《ほんとう》にキセキが起《お》こると言《い》われているんだ**」

世界《せかい》には、そんなメダルがあるんだ……。

「失《な》くして、こまっていたんだ。**本当《ほんとう》にすまない**」

あたしの両手《りょうて》をとって、スッと立《た》たせてくれる。

「おれがあのとき、ちゃんと話《はなし》を聞《き》かなかったせいで、**くららにイヤな思《おも》いをさせた**」

エドくんは、なんどもあやまる。

んー……。エドくんって、エラそうなわけでも、切《き》りかえがはやいわけでもない。

ただ、まっすぐなんだ。

じぶんに自信《じしん》があるときは、堂々《どうどう》としている。

でも、まちがってるって分《わ》かったときは、ちゃんとそれをみとめる。

「母《かあ》さんは、**海《うみ》が好《す》きなんだ。**でも、**かなづちで泳《およ》げない。**だから、海《うみ》の写真《しゃしん》を撮《と》って見《み》せようと考《かんが》えた。あのときは、魚《さかな》の写真《しゃしん》を撮《と》ろうとしていて――」

「あ。あたしが声《こえ》をかけたから、逃《に》げちゃったんだ！」

あたしも、ゴメンなさいじゃん！

「ゴメン！　ああ、どうしよう……そうだ！　**今《いま》から海《うみ》にもぐって、撮《と》ってくるよ！**」

「まだ海《うみ》は、あれてるんだぞ？」

「あ、そうだった……。じゃあ、明日《あした》は？」

「明日《あした》の朝帰《あさかえ》るから、時間《じかん》がない。というか、べつにいいんだ」

ぜったい、よくないし！

旅行先《りょこうさき》で、**したいことをできないまま帰《かえ》る**なんて、ザンネンすぎる……。

「えーっと……分《わ》かった！　晴《は》れた日《ひ》に写真《しゃしん》を撮《と》って、送《おく》るよ！　外国《がいこく》でも、郵便《ゆうびん》って届《とど》くよね！　ていうか、そのほうが、ママさんもわくわくするかも。封筒《ふうとう》を開《あ》けたら、キレイな海《うみ》の写《しゃ》真《しん》がいっぱい出《で》てきて……**ビックリ楽《たの》しくない!?**」

イキイキしながら提案《ていあん》するあたしを、エドくんは呆然《ぼうぜん》と見《み》つめる。

それから——。

「フッ——」

はじめて、笑顔《えがお》を見《み》せた。

やわらかくて、あったかい笑顔《えがお》……。

「くららは、**ヒトを元気《げんき》づけるのがうまいな**」

「えっ？」

「おれはそういうことが、あんまりトクイじゃない。落《お》ち込《こ》んだ母《かあ》さんを、元気《げんき》づけたりはげまそうとしたりしても、**逆《ぎゃく》に心配《しんぱい》をかけたり、気《き》をつかわせたりしてしまう。**家族《かぞく》なのに……」

笑顔《えがお》が消《き》えて、こんどはかなしそうな顔《かお》をする。

「だから、じぶんのトクイなことで、**母《かあ》さんが元気《げんき》になるようなものをプレゼントした**——つまり、**新《あたら》しいアプリゲームを開発《かいはつ》**したんだ」

「もしかして、それが、あの『**ハーフ・イートン・パズル**』？」

エドくんが、コクリとうなずく。

「母《かあ》さんも、夢中《むちゅう》になってくれた。そしておれを、天才《てんさい》だって言《い》ってよろこんでくれた。やっと、**母《かあ》さんを元気《げんき》づけることに成功《せいこう》した**——そう思《おも》った。だけど、国内《こくない》でヒットしてすぐ、記事《きじ》を書《か》かれた。**売《う》れているのは大統領《だいとうりょう》のコネ**だとか、**盗作《とうさく》**だとか」

「ええっ！　そ、そんなこと言《い》われてるの？」

「どれも、**事実《じじつ》のないウソ**だ。だけど、そのせいで、母《かあ》さんの立場《たちば》はますます苦《くる》しくなった。**元《げん》気《き》づけたつもりが、よけいにメイワクをかけたんだ**」

そんなタイヘンなことが、あったんだ……。

「だから、このディナーは失敗《しっぱい》したくない。今《いま》まで失敗《しっぱい》しつづけている分《ぶん》を、とり返《かえ》したい。そして、**母《かあ》さんをもう一度《いちど》、笑顔《えがお》にする**」

エドくんはたんたんと、でも力強《ちからづよ》く話《はな》す。

「……エドくん、**ヒトを元気《げんき》づけるの向《む》いてるよ**」

「え？」

「だって、だれかを元気《げんき》にしたいと思《おも》ってがんばるって、すっごくエネルギーがいるんだよ？

それをなんどもトライするって、**めちゃくちゃスゴい**ことだよ。**ぜったい、向《む》いてる**」

エドくんとなら、このしごとを大成功《だいせいこう》させられるような気《き》がしてきた。

「おもてなしを大成功《だいせいこう》させて、ママさんをめっちゃよろこばせよう！　あたしたちなら、きっとできる！」

天井《てんじょう》に向《む》かって、こぶしをつきあげる。

「フフフッ。**やっぱりくららは、おかしいな**」

また、エドくんが笑《わら》う。

こんどはもっと、おかしそうに。

「さっきまで、海賊《かいぞく》におびえていたかと思《おも》えば、とたんにやる気《き》を出《だ》して……コロコロ変《か》わる」

「うっ。ムダに走《はし》らせて、ゴメン。でも、**もう大丈夫《だいじょうぶ》！**　のろいはナイ！　って分《わ》かったから」

まったく！　いったいだれのイタズラなんだろう？

メモ紙《がみ》をじっとにらみつける――**んん!?**

この字《じ》、どこかで見《み》たことが……。

「くららの言《い》うとおりだ。おれたちなら、できる。そろそろ行《い》くか――」

グシャ。

こんどは、エドくんの足元《あしもと》で音《おと》がした。

「またメモ紙《がみ》か。どうせ、同《おな》じようなことが書《か》いてあるだけ……」

ピタッ。

エドくんの動《うご》きが、止《と》まる。

「……くらら、**逃《に》げるぞ**」

「え、なんで？」

「やはり、**ねらわれているかもしれない**からだ」

ええっ!?

エドくんの顔《かお》は、シンケンそのものだ。

「で、でも。さっき、のろいなんてないって……」

「**くらら……**」

ドキッ！

名前《なまえ》を呼《よ》ばれて、ふり返《かえ》る。

暗《くら》やみの中《なか》から、あたしに向《む》かって、まっすぐうでがのびてきて――。

「くらら、逃《に》げるぞ！　こっちだ！」

こんどは、エドくんがあたしを引《ひ》っ張《ぱ》って、走《はし》る。

急《きゅう》にどうしちゃったの!?

Side《サイド》 凛《りん》

「……ぜんぜん、イミが分《わ》からないんだけど？」

さけび声《ごえ》が聞《き》こえて、かけつけた。

そしてやっと、見《み》つけたと思《おも》った。

名前《なまえ》を呼《よ》んで、うでをのばした。

「なのに、逃《に》げられた……もしかして」

足元《あしもと》に落《お》ちているメモ紙《がみ》を、ひろう。

「コワがらせすぎたかな？」

わざと、コワがるようなメモ――**海賊《かいぞく》からのメッセージ**を、あちこちにおいた。

くららはそれを見《み》て、大声《おおごえ》をあげる。

そうすれば、**すぐに見《み》つけて合流《ごうりゅう》できると思《おも》った**……じっさい、見《み》つけられた。

「だけど、逃《に》げられた。いや、くららが逃《に》げたというよりも……」

――**くらら、逃《に》げるぞ！**

だれかに連《つ》れ去《さ》られたようだった。

名前《なまえ》で呼《よ》んでいたけれど、**玄《げん》の声《こえ》じゃない。**

そもそも玄《げん》なら、メモの内容《ないよう》を信《しん》じないし、ぼくのしわざと気《き》づくはずだ。

だとすると……。

バンッ――――――！

あの銃声《じゅうせい》の犯人《はんにん》と、まだいっしょにいる可能性《かのうせい》が高《たか》い。

「はあ。まったく……」

あのとき、くららを一人《ひとり》にするんじゃなかった。

くららはどこにいても、なにをしていても、目立《めだ》つ。

一《いち》を百《ひゃく》にも、千《せん》にも、億《おく》にもできるスゴい子《こ》だから。

でもその分《ぶん》、トラブルに巻《ま》き込《こ》まれやすい。

「まあ。でもそういうくららだから、ぼくは……」

足《あし》にぐっと、力《ちから》をこめる。

大丈夫《だいじょうぶ》だ、いたくない。

追《お》いかければ、間《ま》に合《あ》うかもしれない。

ここまできたら、作戦《さくせん》もなにもカンケーない。

とにかく、くららを助《たす》けて守《まも》らなくちゃ。

「力《ちから》ずくで、とりもどすしかないね。正体不明《しょうたいふめい》のだれかから」


ドドドドドドドドドッ！

バーーーーン！


走《はし》って、走《はし》って、走《はし》りまくった――こんどは、**エドくんに引《ひ》っ張《ぱ》られて。**

そして、ある部屋《へや》のとびらを勢《いきお》いよく開《あ》けて、いっしょに飛《と》び込《こ》んだ。

「ふぅ……ここまで来《く》れば、大丈夫《だいじょうぶ》か」

「はあ、はあ……。エ、エドくん。どうしたの？　**のろいなんてない**って、言《い》ってたのに」

「**コレを見《み》ろ**」

ひろったメモ紙《がみ》を見《み》せる。


【これは冗談《じょうだん》ではない。カクゴしろ】


「コレは……！」

メモ紙《がみ》をにぎったまま、あたしはふるえる。

「のろいかどうかともかく、**きみはだれかにねらわれている**」

「うん。あたし、ねらわれてる……**凛《りん》に！**」

「なんだって？」

「このメッセージ、**凛《りん》の字《じ》**だよ」

「りんって……**きみの社員《しゃいん》**のことか？　な、なぜそれをもっとはやく言《い》わない!?」

「それが、さっき気《き》づいて……でも、言《い》おうとしたんだよ？　その前《まえ》に、エドくんがメモを読《よ》んであわてだすから。**ホント、どうしちゃったの？**」

まじまじと見《み》つめると、エドくんは大《おお》きく息《いき》を吐《は》いた。

「つい、**イヤなことを思《おも》い出《だ》してしまったせい**だ」

「イヤなこと？」

「さっき、アプリゲームのことで、周《まわ》りからいろいろ言《い》われたって話《はな》しただろ。そのとき、そのメモと似《に》たような**脅迫文《きょうはくぶん》**もとどいて……」

「え」

「くららもあぶないと思《おも》って、大《おお》げさに反応《はんのう》してしまった」

エドくん……。

「社員《しゃいん》と合流《ごうりゅう》できるチャンスを、つぶしてしまったな。すまな——」

「エドくん！　甘《あま》いもの食《た》べたくない？」

「え、急《きゅう》になに言《い》って……」

「食《た》べる？　ていうか、食《た》べよう！」

あたしは、ポケットからアメをとりだす。

部屋《へや》のおかしをいくつか、持《も》ってきたんだ。

「食《た》べて食《た》べて。甘《あま》いもの食《た》べたら、イヤなことなんて忘《わす》れられるから」

「おこらないのか？　社員《しゃいん》と合流《ごうりゅう》できそうだったのに」

「それは心配《しんぱい》ないよ。あたしたち三人《にん》は、なにがあっても大丈夫《だいじょうぶ》って信《しん》じてるから。

それに、エドくんが、あたしを助《たす》けようと思《おも》って走《はし》ってくれたのうれしかった！　逆《ぎゃく》に、ありがとうだよ！」

エドくんのひとみが、ゆれる。

「お礼《れい》を言《い》われたのなんて、久々《ひさびさ》だな……」

「ん？　なんて？」

「くららは、スゴいなって」

エドくんが、やさしくほほ笑《え》んでいる。

「どんな状況《じょうきょう》でも、前向《まえむ》きに考《かんが》えるんだなと思《おも》って……本当《ほんとう》に、スゴいよ」

窓《まど》から光《ひかり》——月明《つきあ》かりがさし込《こ》んできた。

嵐《あらし》が、おさまってきたのかな？

自然《しぜん》の明《あ》かりのおかげで、部屋《へや》の中《なか》の様子《ようす》が見《み》えた。

白《しろ》い通路《つうろ》をはさんで、左右《さゆう》にきちんと整列《せいれつ》している長《なが》イス。

あたしたちはちょうど、一番奥《いちばんおく》の、段差《だんさ》をのぼったところにいて……。

「そうか、ココは……」

エドくんは、なにかをつぶやく。

そしてそっと、あたしの両手《りょうて》をにぎった。

「この場所《ばしょ》にかけて、**おれは誓《ちか》うよ**」

「へ？　なにを？」

「くららは、かならず、おれが守《まも》る」

エドくんは、まっすぐあたしを見《み》つめる。

「ぜったいに、あぶない目《め》にあわせないと約束《やくそく》する」

「エドくん……」

そんな、そんなこと言《い》われたら——。


ぐう〜〜〜！


「なに!?　このブキミな音《おと》は!?」

「……あきらかに、**きみのお腹《なか》から**聞《き》こえたが？」

やっぱり、ごまかせませんでした。（前《まえ》にも、こんなことなかったっけ……？）

「あたし、じつはずっと、お腹《なか》がへってて……へへへ☆」

「チッ！　雰囲気《ふんいき》が台無《だいな》しだ」

「あ！　また舌打《したう》ちした！　それが、スゴいと思《おも》っている人《ひと》にする態度《たいど》なの!?」

「しずかにしてくれ。もう、このアメはくららが食《た》べろ」

「それは、エドく……んぐっ！」

あっという間《ま》に、口《くち》の中《なか》に放《ほう》り込《こ》まれた。

「……ああ～、おいしい～！　あま～い」

「本当《ほんとう》に、おいしそうに食《た》べるな」

「うらやましくなった？　やっぱりほしくなった？」

「いや……母《かあ》さんにも、できれば、寿司《すし》を食《た》べさせたかったなと思《おも》って」

エドくんが、少《すこ》しだけザンネンそうに言《い》う。

「やっぱり、たこ焼《や》きとか、おまつりの食《た》べ物《もの》じゃあ、楽《たの》しめないかな？」

「いいや、大丈夫《だいじょうぶ》だ。それより、キャンドルをさがそう」

「あ、うん。はやくチャペルに――」

「ココが、そうだろ」

「えっ？」

そういえば、この部屋《へや》の形《かたち》……。

「本当《ほんとう》だ！　チャペルだ！　な〜んだ、たどりついてたんだ〜！」

「だから、**雰囲気《ふんいき》が台無《だいな》し**だと言《い》ったのに」

「なに？」

「なんでもない。おれは左《ひだり》をさがすから、くららは右《みぎ》をさがしてくれ」

二人《ふたり》で手分《てわ》けして、中《なか》をくまなくさがす。

だけど――。

「キャンドル、ぜんぜん見当《みあ》たらなくない⁉」

柏木《かしわぎ》さんは、この部屋《へや》にあるって言《い》ってたのに。

エドくんも、うでを組《く》んでむずかしい顔《かお》をしている。

ゴロンゴロンゴロンゴロン……。

ん？　なんか、ヘンな音《おと》が……

とびらの向《む》こうから、聞《き》こえる。

「**地響《じひび》き……？**　みたいな音《おと》が聞《き》こえない？　あたしの気《き》のせい？」

「いや、おれも聞《き》こえる」

ゴロンゴロンゴロン……。

なんか、近《ちか》づいてきてない!?

「くららはココにいろ。おれが見《み》てくる」

エドくんがサッと、例《れい》の銃《じゅう》をとり出《だ》す。

「ニセモノだが、くららが逃《に》げる時間《じかん》をかせぐには十分《じゅうぶん》だろ」

「なに言《い》ってるの？　あたしは、いっしょにいるよ」

「おれは、**きみを守《まも》ると約束《やくそく》した**」

「あたしはしてない！　**二人《ふたり》で立《た》ち向《む》かうの！**」

「……分《わ》かった。でも、**なにがあっても、はなれるなよ**」

二人《ふたり》で、いっせいにとびらを開《あ》ける。

あたしはもう、逃《に》げもかくれもしませんっ――。

ゴロンゴロン……カツン。

「いやあああああ！　なに!?」

足先《あしさき》に、なにか硬《かた》いものが当《あ》たって、飛《と》びのく。

「これは……**カン詰《づ》めだな**」

エドくんがしゃがみ込《こ》んで、手《て》にとる。

ライトを照《て》らしてみると、いくつもころがっていた。

「なんだ、カン詰《づ》め……って、**なんで？**」

あたしもしゃがんで、パンのカン詰《づ》めに手《て》をのばす——。

「さわらないで！　**それは、ぼくのだ！**」

ひょいっと、だれかに、先《さき》にひろわれた。


「だれだ！」

エドくんが、すぐにライトを向《む》ける。

そこにいたのは——白《しろ》いコック姿《すがた》の男《おとこ》の人《ひと》だった。

もしかして……柏木《かしわぎ》さんがさがしてた**シェフの林《はやし》さん!?**

でも、林《はやし》さんは、あたしたちに目《め》もくれず、一生《いっしょう》けん命《めい》にカン詰《づ》めをひろう。

そして、パンパンにふくらんだリュックにつめこむ。

「すみませーん。もしかして、シェフの林《はやし》さんですか？」

「あれ？　おかしいな。**イワシのカンがない……**」

「ええ？　**聞《き》こえてますか〜？**」

「ああ、ココにあった。これでぜんぶ、ひろったか？」

聞《き》こえてない!?　それとも、オーナーみたいに聞《き》こえてないフリ!?

「あのっ！　**柏木《かしわぎ》さんが、さがしてましたよっ！**」

「支配人《しはいにん》が？」

林《はやし》さんの手《て》が、ピタッと止《と》まる。

「それはマズい。一刻《いっこく》**もはやく逃《に》げなくては……！**」

「そうそう、はやく逃《に》げ……**なんて!?**」

今《いま》、逃《に》げるって言《い》ったよね？

「な、なんで逃《に》げるんですか？」

「はやくこのホテルから、**脱出《だっしゅつ》しなくちゃいけない**からに決《き》まってるだろ！」

林《はやし》さんは、ホンキの顔《かお》でそう答《こた》えた。

それから、まるで劇《げき》の主人公《しゅじんこう》みたいに、手振《てぶ》り身振《みぶ》りをつかって話《はな》す。

「この大嵐《おおあらし》と停電《ていでん》！　つぎは、このホテルの屋根《やね》がふき飛《と》ぶ！　いや、建物《たてもの》がくずれはじめて……いやいや、**ゾンビが出《で》てくるかもしれない！**」

「大《おお》げさすぎる！」

「大《おお》げさなもんか！　ぼくは今《いま》まで、**あらゆるホラーゲーム**をクリアしてきた。今《いま》、このホテルでは、ゲームと同《おな》じ展開《てんかい》が起《お》こっている……この先《さき》、**さらに大《おお》きなパニックが待《ま》ち受《う》けている！**」

「つまり、ただの、ゲームのし過《す》ぎだな」

エドくんが、あからさまにあきれる。

「大統領《だいとうりょう》をもてなすディナーは、どうするんだ？　きみのだいじな、しごとだろ」

「そうですよ！　このピンチを、ホテルのみんなで、力《ちから》を合《あ》わせてがんばるんです！」

「ピンチのときは、すぐ逃《に》げるのが常識《じょうしき》だ！　ゾンビに食《た》べられて、ゲームオーバーになったら、どう責任《せきにん》をとってくれる!?」

ダメだ！　完全《かんぜん》にゲームの世界《せかい》に入《はい》っちゃってる！

柏木《かしわぎ》さんが言《い》ってた、「**もっとめんどうなこと**」って、こういうコトだったんだ。

「そもそも、電気《でんき》もつかない、食材《しょくざい》もダメになっている状態《じょうたい》で、まともな料理《りょうり》がつくれるわけがない。**ヘタな料理《りょうり》を出《だ》して、大統領《だいとうりょう》の機嫌《きげん》をそこねれば、ぼくは料理人《りょうりにん》として終《お》わってしまう**……というわけで、行《い》かせてもらうよ。じゃあ――」

ズルッ！

まだ床《ゆか》にころがっていたカンをふんで、林《はやし》さんはしりもちをつく。

リュックにしばりつけていたブルーシートも、バサーッと広《ひろ》がる。

「うわああ！　なんてことだ！」

林《はやし》さんはあわてて、ブルーシートを巻《ま》きなおす。

もお～！　そんなぐるぐる巻《ま》いてる時間《じかん》ないのに～！

ぐるぐる、ぐるぐる……**ぐるぐる!?**

「「巻《ま》き寿司《ずし》！」」

エドくんと、同時《どうじ》にさけぶ。

「くららも？」

「エドくんも？」

二人《ふたり》でうなずき合《あ》う。

「まさかハモるなんて！　でも**巻《ま》き寿司《ずし》だって、立派《りっぱ》なお寿司《すし》**だよね？」

「母《かあ》さんはまだ食《た》べたことがないから、新鮮《しんせん》に思《おも》うはずだ。きみ、巻《ま》き寿司《ずし》はつくれるか？」

「そりゃつくれますけど……。えっ、トクベツディナーに出《だ》せって!?　**ムリムリ！**」

林《はやし》さんは、ぶんぶんっと手《て》を横《よこ》にふる。

「のりとご飯《はん》はありますけど、ほかは野菜《やさい》やこの**非常食《ひじょうしょく》**しかないんですよ？　つかうはずだった高級《こうきゅう》なネタは、この嵐《あらし》で届《とど》かない！　大統領《だいとうりょう》に出《だ》せるわけ――」

「林《はやし》　陸斗《りくと》シェフ。おれと大統領《だいとうりょう》は、**きみを知《し》っている**」

「ぼ、ぼくを？」

「大統領《だいとうりょう》は、高級《こうきゅう》な寿司《すし》を楽《たの》しみに来《き》たんじゃない。**きみの料理《りょうり》を楽《たの》しみに来《き》たんだ**」

エドくんがするどい視線《しせん》を送《おく》りながら、じりじり迫《せま》る。

「きみは、**創作料理《そうさくりょうり》の国際大会《こくさいたいかい》で三度《ど》も優勝《ゆうしょう》**しているだろ。食材《しょくざい》にカンケーなく、きみの実力《じつりょく》で大統領《だいとうりょう》をよろこばせるんだ」

え！　そんなスゴい人《ひと》なの!?　**さすが、しょうすうせいえい～。**

でもエドくん、よく知《し》ってる。

「成功《せいこう》すれば、**専属《せんぞく》シェフにスカウトされるかもしれない**」

「専属《せんぞく》シェフ……**大統領《だいとうりょう》の!?**」

林《はやし》さんの目《め》の色《いろ》が、ガラッと変《か》わる。

「そういえば、クリアした料理人《りょうりにん》のゲームで、似《に》たストーリーがあったな。古《ふる》い食堂《しょくどう》の料理人《りょうりにん》が、たまたまおとずれた大統領《だいとうりょう》に気《き》に入《い》られて……そうか。ぼくも、**ゲームの主人公《しゅじんこう》になれるんだ！**」

目《め》をキラキラさせて、やる気《き》を出《だ》しはじめる。

「逃《に》げてる場合《ばあい》じゃない！　**すぐに厨房《ちゅうぼう》にもどらなくちゃ！**」

林《はやし》さんはリュックを背負《せお》って、ものスゴいスピードで走《はし》り去《さ》っていく。

「よし、うまく説得《せっとく》できたな」

「エドくん、天才《てんさい》だよ。あんなに気持《きも》ちを変《か》えちゃって……なんで、林《はやし》さんにくわしかったの？」

「泊《と》まるホテルについて調査《ちょうさ》するのは、トーゼンだ。従業員個人《じゅうぎょういんこじん》の、情報《じょうほう》にいたるまで」

さっすが！　コレで、料理《りょうり》は、大統領《だいとうりょう》の期待《きたい》に応《こた》えられそう。

「あたしたちもはやく、キャンドルを見《み》つけて準備《じゅんび》しないと。でも、どこにあるんだろう？」

「カンちがいで、べつの場所《ばしょ》にあるのかもしれない。近《ちか》くの部屋《へや》の中《なか》を、さがして――」

♪〰。♫〰。

「おい。こんどは、べつの音楽《おんがく》が聞《き》こえるぞ」

「これも……**もしかして玄《げん》？**」

合図《あいず》をつづけているのかも！

「エドくん、行《い》こう！」

音楽《おんがく》が聞《き》こえる方《ほう》へ、走《はし》り出《だ》す。

またすれちがっちゃう前《まえ》に、玄《げん》たちと合流《ごうりゅう》しなくちゃ。

こんどこそ、やっと会《あ》えるんだ！

6 さらなるピンチ

「――この大《だい》ホールから、聞《き》こえたんだが」

「とにかく、入《はい》ってみよう」

大《おお》きくて分厚《ぶあつ》いとびらのノブを、二人《ふたり》で力《ちから》いっぱい引《ひ》っ張《ぱ》る。

部屋《へや》の中《なか》は、ぐるっと丸《まる》い形《かたち》をしていた。

上《うえ》から順番《じゅんばん》に席《せき》がズラーッとならんでいて、下中央《したちゅうおう》にステージがある。

「コンサートホールみたいだな」

ライトを照《て》らしながら、ゆっくりおりる。

「げーん？　おーい！」

あれー？　どこにも見当《みあ》たらないんだけど。

音楽《おんがく》も、聞《き》こえなくなったし。

おっかしいなあ……。

「ん？　あそこ、明《あか》るいものが見《み》えたぞ」

エドくんが、ステージ下《した》を指《ゆび》さす。

たしかに、ちらちら光《ひかり》が見《み》える。

「もしかして、**キャンドル!?**　玄《げん》が見《み》つけたのかも！」

タンタンタンッと、かけ足《あし》でおりる。

「玄《げん》――」

「う～～、会《あ》いたかったよ～～!!　ルナく～～ん!!」

じゃなくて、門道《かどみち》さん!?

ちょー意外《いがい》な人物《じんぶつ》に、あたしもエドくんもびっくり。

スマホを見《み》ながら、両手《りょうて》に光《ひか》るうちわを持《も》ってふっている。

キャンドルじゃなかったんだ……ていうか、**どういう状況《じょうきょう》!?**

「えっと……門道《かどみち》さん？」

肩《かた》をつきながら名前《なまえ》を呼《よ》ぶと、門道《かどみち》さんはすぐにふり返《かえ》った。

「なに、してるんですか？」

「あ、あ、あ……」

数秒間《すうびょうかん》、かたまる。

そして、

「いやあああああ！」

顔《かお》をおおいながら、さけんだ。

「み、見《み》ないでください！　**今《いま》のは忘《わす》れてください！**」

「ええ!?　忘《わす》れるのは、ちょっとムリ……」

「わたくし、遊《あそ》んでいたわけではないので！　ちゃんと、**しごと**をしていましたので！」

門道《かどみち》さんが、あわてて立《た》ち上《あ》がる。

「コンシェルジュとして、大統領《だいとうりょう》のおもてなしのための、**イベントのキャンセル対応《たいおう》とホールの片付《かたづ》けを**——」

あわてふためく門道《かどみち》さんの手《て》から、スマホがすべり落《お》ちる。

画面《がめん》には、カッコいい服《ふく》を着《き》た人《ひと》たちがおどる動画《どうが》が流《なが》れていて……。

「あっ！　『**インフィニス**』の、ライブ映像《えいぞう》だ」

今一番《いまいちばん》、日本《にほん》で人気《にんき》のあるアイドルグループだよ。

「もしかして門道《かどみち》さん、ファンなんですか？」

「うっ……！　ハイ……」

カンネンしたように、うなだれる。

「キャンセルの連絡《れんらく》を終《お》えた瞬間《しゅんかん》、**もうショックでショックで**……。しごとが手《て》につかなくなりそうだったので、ミュージックビデオを大音量《だいおんりょう》で見《み》ていたんです」

「スゴいファンなんですね」

「それはもう……今日《きょう》、間近《まぢか》で聞《き》けるのを楽《たの》しみにしていました。握手《あくしゅ》もしてほしいし、サインはほしいし、言《い》ってほしいセリフも寝《ね》ないで考《かんが》えて……」

むねをおさえて、苦《くる》しそうに話《はな》す。

「さすがに、**この情報《じょうほう》**はおれでも知《し》らなかったな……」

エドくんも、あっけにとられている。

「とにかく、はなやかな舞台《ぶたい》にしようと、あれこれ準備《じゅんび》していたんです！　それなのに、それなのに……**嵐《あらし》のバカ━━━！**」

門道《かどみち》さんのさけび声《ごえ》が、ホールにひびいた。

「はあ、はあ。**スッキリした**……ああ！　わたくしとしたことが……。お客《きゃく》さまの前《まえ》で、大変失《たいへんしつ》礼《れい》いたしました！」

やっと、門道《かどみち》さんが**おしごとモード**にもどる。

「ところで、なぜ、エドさまと萌黄《もえぎ》さまはココに？」

「**キャンドル**をとりに来《き》たんです。ディナーの演出《えんしゅつ》のために、使《つか》いたくて」

「支配人《しはいにん》が**チャペル**にあると言《い》っていたが、なかった」

「キャンドル……チャペル……**ああ、なんてこと！**」

門道《かどみち》さんは、ひたいに手《て》を当《あ》てる。

「オーナーったら、支配人《しはいにん》に話《はな》していなかったのねっ」

「どうしたんですか？」

「申《もう》しわけございません。**キャンドルは、当《とう》ホテルには一つもないのです**」

「一つも？　でも柏木《かしわぎ》さんが——」

「**オーナーが勝手《かって》に**、知人《ちじん》にゆずられてしまったのです。もう使《つか》わないだろう、と」

えええええっ!!

エドくんと、顔《かお》を見合《みあ》わせる。

「このままじゃあ、おまつりおもてなしの——」

「用意《ようい》ができない……」

ドーーーーーン！


「今《いま》の音《おと》はなに!?」

「だいぶ、上《うえ》から聞《き》こえたような気《き》がしましたが……」

「なにかあったとすれば、人《ひと》が集《あつ》まっているところだろう。つまり――」

「「展望《てんぼう》レストラン！」」

三人《にん》の声《こえ》がそろう。

「とにかく急《いそ》いで、もどろう！」

Side《サイド》 玄《げん》

「凛《りん》」

やっと、見《み》つけた。

名前《なまえ》を呼《よ》んだら、すぐにふり返《かえ》った。

いっしゅん、大《おお》きく目《め》をひらいておどろく――。

かと思《おも》ったら、すぐにどうでもよさそうな顔《かお》をされた。

「……なんだ、玄《げん》か」

「あからさますぎるだろ。いつもみたいに、心配《しんぱい》してたフリくらいしろよ」

「悪《わる》いけど、そんな余裕《よゆう》ないいんだよね」

冷《さ》めた顔《かお》のまま、肩《かた》をすくめる。

「思《おも》ったとおりにくららが見《み》つけられなくて、イライラしてるんだ」

「それはおれもだ。つーか、そのことで、お前《まえ》に言《い》いたいことがあるんだが……」

ひろったメモ紙《がみ》を、見《み》せる。

「このメモ、お前《まえ》のしわざだろ」

「玄《げん》、わざと置《お》いてるんだから、よけいなことしないでよ」

「それはこっちのセリフだ。こっちは音《おと》を鳴《な》らして、来《く》るのを待《ま》ってたのに……お前《まえ》のヘンなメモのせいで、あいつがコワがって合流《ごうりゅう》できなかっただろ」

「まって。ずっと音《おと》を鳴《な》らしていたの、玄《げん》だったの？　それこそ、くららがコワがるだろ」

「その逆《ぎゃく》なんだよ。こういう天気《てんき》の悪《わる》い日《ひ》は、あいつは、にぎやかな音《おと》をほしがるんだよ」

「どういうイミ？」

「むかし、嵐《あらし》の日《ひ》に、留守番《るすばん》をしているあいつに家《いえ》に呼《よ》ばれたことがあった。行《い》ったら、すっげーうるさくて。いつもの倍《ばい》、いや三倍《ばい》はさわがしいんだよ。なんでお前《まえ》、テンション高《たか》いんだ？って聞《き》いたんだ。そしたらあいつ、『不安《ふあん》だから……』って言《い》ったんだ」

「不安《ふあん》なのに、テンションが高《たか》いの？」

「雨風《あめかぜ》だけが聞《き》こえる中《なか》で、一人《ひとり》でぽつんといると不安《ふあん》になるんだと。だからわざと、じぶんで不安《ふあん》を打《う》ち消《け》すために、さわぐらしい。さすがにその日《ひ》は、一人《ひとり》だけではたえられなかったみたいだけどな」

「くららが、そんなことを……」

「あいつの明《あか》るさは、カンペキじゃない。どんな状況《じょうきょう》でも、明《あか》るくいられるわけじゃない」

それを知《し》ってから、よく観察《かんさつ》するようにした。

だいたいはマジで、バカみたいに明《あか》るい。

だけどときどき、ムリしてるなって思《おも》うときもある。

「不安《ふあん》なあいつは、きっと音楽《おんがく》が聞《き》こえる方《ほう》に自然《しぜん》に寄《よ》ってくる。そう思《おも》って、ピアノや太鼓《たいこ》を鳴《な》らしていたんだ」

「そうだったのか……」

凛《りん》はしずかに目《め》を閉《と》じて、納得《なっとく》する。

「スゴいね、玄《げん》は。ぼく、玄《げん》のそういうところが……」

ぽんっと、おれの肩《かた》に手《て》を置《お》く。

「ホント、一番《いちばん》キラいだよ」

満面《まんめん》の笑《え》みで、そう言《い》った。

「なんでだよ!?」

マジでイミが分《わ》からねえ！

「ところでさ、じぶんで盛大《せいだい》にヒミツを明《あ》かしちゃったこと、気《き》づいている？　ぼくは、**玄《げん》がピアノを弾《ひ》けること**、知《し》らなかったんだけど？」

あ。しまった……**くそ！**

「もう緊急事態《きんきゅうじたい》だから、しかたねえ。それに、**この話《はなし》は終《お》わりだ**。お前《まえ》と合流《ごうりゅう》できたんだし、こつからは二人《ふたり》でさがすぞ」

「そうだね、今《いま》はくららを見《み》つけるのが先《さき》だ。あとで、**じっくり話《はなし》を聞《き》かせてもらうよ**」

コイツ、しつけえ！

「それにしても、くららのやつ、あちこち一人《ひとり》で動《うご》き回《まわ》りやがって」

「いや、それが**一人《ひとり》じゃないんだ**」

凛《りん》がシンケンな顔《かお》で、言《い》う。

「だれかといっしょにいる――だけど、支配人《しはいにん》でも門道《かどみち》さんでもない、**べつのだれか**」

「けっきょくだれなんだよ？」

「たぶん、べつの宿泊客《しゅくはくきゃく》だと思《おも》う。くわしい理由《りゆう》は分《わ》からないけれど、**くららはなにかに巻《ま》き込《こ》まれてる**」

「よけいにタチが悪《わる》いだろ！　はやく行《い》くぞ！」

「ああ、分《わ》かってる」

凛《りん》がかけ出《だ》す――ん？

足《あし》の動《うご》き、おかしくないか……？

「……凛《りん》、お前《まえ》もしかして」

「今心《いまこころ》に思《おも》ったこと、**ぜったいに**口《くち》にしないでよね」

先《さき》に、クギをさされた。

「とくに、**くららの前《まえ》では**。よけいな**心配《しんぱい》**かけたくないし」

「大丈夫《だいじょうぶ》なのか？」

「大《たい》したことないよ。はやく行《い》こう」

マジで凛《りん》は、なんでもないように走《はし》り出《だ》す。

きっと、くららの前《まえ》でも**カンペキに演技《えんぎ》**するだろう。

いつもそうだ。

くららをへんに**不安《ふあん》にさせないため**に、すげー上手《じょうず》にかくす。

おれはしたくても、凛《りん》ほどうまくはできない。

サプライズ誕生日《たんじょうび》のときも、いろいろフォローしてもらったしな……。

「おれは、凛《りん》のそういうところが……」

「ん？　なにか言《い》った？」

「……なんでもねえ」

口《くち》を閉《と》じて、とにかく走《はし》る。

おれは――**『凛《りん》のそういうところが、一番《いちばん》キライだ。……うらやましくて、ムカつくから』**とは、ぜったいに言《い》ってやらねえ。

ドーーーーーン！


とつぜん、地響《じひび》きみたいな音《おと》が聞《き》こえた。

凛《りん》とすぐに顔《かお》を合《あ》わせる。

「**まさか、くらら……**」


展望《てんぼう》レストランに、たどりつく。

なぜか、**船《ふね》の噴水《ふんすい》**の周《まわ》りを、柏木《かしわぎ》さんたちが呆然《ぼうぜん》ととり囲《かこ》んでいた。

「どうしたんですか？　みんなでぼーっとして……**ああ！**」

船《ふね》が、**タイヘンなこと**に……。

パリッとシワなく張《は》られていた帆《ほ》が、**ビリっ！**　と真《ま》っ二《ぷた》つにやぶれている。

さらに、その帆《ほ》を支《ささ》えている柱《はしら》も、**ポキっと折《お》れて**……。

「ど、どうしてこんなことに……」

「わたくしのせいです」

そのすぐそばで、柏木《かしわぎ》さんがうなだれている。

「おまつりの雰囲気《ふんいき》をさらに出《だ》そうと、この船《ふね》を提灯船《ちょうちんせん》に見《み》せようと思《おも》ったんです。つくった提《ちょう》灯《ちん》をかざるため、柱《はしら》をのぼっていたら、途中《とちゅう》ですべってしまって……」

あんなに立派《りっぱ》な船《ふね》が、まるで沈没《ちんぼつ》したボロ船《ぶね》に……。

大統領《だいとうりょう》、船《ふね》の前《まえ》で記念写真《きねんしゃしん》を撮《と》るとか言《い》ってなかった？

いったい、どうごまかせば……。

「お二人《ふたり》がせっかく、キャンドルをとりにいってくださったのに……」

「それが、キャンドルもなくて――」

「タイヘンです！」

またまたボディーガードさんが、あわててやって来《く》る。

「大統領《だいとうりょう》が、もう帰《かえ》りたいとおっしゃっています！　さきほどの物音《ものおと》に、非常《ひじょう》におどろかれて……。来《く》るんじゃなかった、と……」

「えっ……」

エドくんのひとみが、ゆれる。

柏木《かしわぎ》さんが、「ああ……」と頭《あたま》をかかえる。

「失敗《しっぱい》をとり返《かえ》そうと思《おも》ったのに……。けっきょく、**また失敗《しっぱい》**してしまった。オーナーの言《い》うとおり、**わたくしはダメ――**」

「そんなことないです！」

あたしはすぐに否定《ひてい》する。

「**失敗《しっぱい》は、とり返《かえ》せます！** あたし、今《いま》までめっちゃ失敗《しっぱい》してきましたけど、**なんとかなりましたもん！** 今回《こんかい》もとり返《かえ》せます！ エドくん、**そうだよね？**」

力強《ちからづよ》く、エドくんに同意《どうい》を求《もと》める。

「お、おれは……**そうは思《おも》わない**」

「え」

予想《よそう》していなかった返事《へんじ》に、かたまる。

「**――ディナーの計画《けいかく》は、中止《ちゅうし》する**」

エドくんは、みんなの前《まえ》で、はっきり宣言《せんげん》した。

「雨風《あめかぜ》はおさまってきたし、**べつの安全《あんぜん》なホテル**に避難《ひなん》することにする。**これ以上《いじょう》、このホテルにはいられない**」

「そ、それじゃあ、**カポノ・リゾートは**……」

柏木《かしわぎ》さんの顔《かお》が、青《あお》ざめる。

肩《かた》は、ぷるぷる、くやしそうにふるえている。

だけど――。

「……かしこまりました。そのように、準備《じゅんび》いたします」

こらえて、ていねいにお辞儀《じぎ》した。

「柏木《かしわぎ》さん！　**このまま、あきらめちゃうんですか!?**」

制服《せいふく》のすそをつかんで、引《ひ》っ張《ぱ》る。

ふり向《む》いた柏木《かしわぎ》さんは、かなしそうな笑顔《えがお》をしていた。

「こちらからご依頼《いらい》して、このような結果《けっか》になって申《もう》しわけありません。ですが、もともとのご依頼者《いらいしゃ》であるエドさまが、そう判断《はんだん》されたのです。わたくしたちには、もうなにもできません……。カポノリゾートのおもてなしは――**わたくしのしごとは、失敗《しっぱい》したのです**」

そんな……。

「ヘリの手配《てはい》をしろ。避難先《ひなんさき》のホテルは、なるべく近《ちか》くがいい」

エドくんは、ボディーガードさんにテキパキ指示《しじ》をしている。

「じゃあ、母《かあ》さんには、おれから話《はな》してくる」

「ま、まってよ！」

うでをつかんで、止《と》めた。

「なんで急《きゅう》に、**あきらめちゃうの？**　エドくんだって、**失敗《しっぱい》をとり返《かえ》すんじゃないの？**」

「分《わ》かるだろ。**とり返《かえ》せない失敗《しっぱい》だって、ある。**今日《きょう》がまさに、その日《ひ》だ」

あたしのうでを、ふりはらう。

「ココでねばっても、母《かあ》さんに、さらにメイワクをかけるだけだと分《わ》かった。**これ以上《いじょう》、がんばらないほうがいい。**じゃあ」

エドくんは顔《かお》をふせて、あたしから走《はし》り去《さ》る。

がんばらないほうが、いい……。

かなしすぎるセリフに、追《お》いかけることもできない。

このまま、引《ひ》き下《さ》がるべき？

ただバカンスを楽《たの》しみにきたお客《きゃく》さんだったら、それでいいと思《おも》う。

だけど、あたしは……。

「柏木《かしわぎ》さん。**あたしはまだ、あきらめません**」

「え？」

「あたしは、カポノリゾートからしごとの依頼《いらい》を受《う》けた、**ペーパー・エア・プレイン社《しゃ》の社長《しゃちょう》です**。一度《いちど》引《ひ》き受《う》けたしごとを、途中《とちゅう》で投《な》げ出《だ》したりしない！」

あたしには、「**がんばらなくていい**」なんて選択肢《せんたくし》はない！

「ですが、エドさまが……」

「エドくんも、お客《きゃく》じゃありません！　**あたしの、しごとのパートナーです**」

いっしょにがんばろうって、ちゃんと握手《あくしゅ》したもん。

「エドくんを説得《せっとく》しに行《い》きます！　柏木《かしわぎ》さんたちは、片付《かた づ》けをつづけていてください！」

「なにか、ほかのアイデアを思《おも》いついたのですか？」

「アイデアは、まだ分《わ》かりません。でも――**ナントカします！**」

スマホを持《も》って、ぐっとにぎりしめる。

そして、エドくんが走《はし》っていった方向《ほうこう》へ、あたしも走《はし》り出《だ》した。

7 もう一回《いっかい》！

Side《サイド》 凛《りん》

「**くらら！**　――って、またいねーし！」

玄《げん》とたどりついたのは、中央館《ちゅうおうかん》の最上階《さいじょうかい》にある展望《てんぼう》レストラン。

急《いそ》いでかけつけたけれど、またいなかった。

上《うえ》から音《おと》が聞《き》こえたから、ココだと思《おも》ったのに……。

「青羽《あおば》さま、白瀬《しらせ》さま！　ああ、よかった」

柏木《かしわぎ》さんと門道《かどみち》さんがそろって、あらわれる。

「萌黄《もえぎ》さまが、とても心配《しんぱい》しておられました」

「今《いま》まで、いっしょにいたんですか？」

「つい先《さき》ほどまでは……」

「それで、今《いま》はどこに行《い》ったんだ？」

「えっと、エドさまを追《お》いかけていかれました」

「「エドさま？」」

玄《げん》と声《こえ》がそろう。

もしかして、くららを連《つ》れ回《まわ》してる**張本人《ちょうほんにん》**？

「凛《りん》。おれたちも、追《お》いかけるぞ」

「いや、まってよ玄《げん》。そのまえに、**情報《じょうほう》を把握《はあく》**しておこうよ」

いきなり会《あ》ったとき、こっちがなにも知《し》らないじゃあ、話《はなし》にならないしね。

もう一度《いちど》、柏木《かしわぎ》さんたちの方《ほう》を向《む》く。

「教《おし》えてもらえますか？　**エドさまが、だれなのか。**くららがなぜ、その人《ひと》といっしょにいるのか。そして、**このホテルでなにが起《お》こっているのか……**一《いち》からすべて」


「エドくーん！　おーい！」

廊下《ろうか》のあちこちを照《て》らしながら、名前《なまえ》を呼《よ》んでさがす。

だけど、**返事《へんじ》どころか物音《ものおと》もしない。**

う〜、大統領《だいとうりょう》に言《い》いに行《い》くまえに、はやく見《み》つけないと。

——とり返《かえ》せない失敗《しっぱい》だって、ある。

まさか、あんなこと言《い》うなんて……。

「……ていうか、**ココはどこだろう？**」

勢《いきお》いのまま飛《と》び出《だ》してきたけれど、大統領《だいとうりょう》の部屋《へや》ってドコだっけ？

さいしょのときみたいにウロウロしていると、また目《め》の前《まえ》に階段《かいだん》が見《み》えた。

なんか、ふり出《だ》しにもどってない？

「はあ……」

たまらず、しゃがみこんでひざに顔《かお》をうずめる。

しっかりしなくちゃ。

あたしまで、**落《お》ち込《こ》んでるワケにいかない。**

ナントカするって言《い》ったんだから、**ナントカしなくちゃ。**

今《いま》までだって、**「ぜったいムリ」**って思《おも》われてきたことを、ナントカしてきたんだから。

玄《げん》と、凛《りん》と、三人《にん》で力《ちから》を合《あ》わせて……。

「そうだよ、今《いま》は二人《ふたり》がいないんだ……」

すごく、すごく、だいじなことに気《き》づく。

失敗《しっぱい》しても、**玄《げん》と凛《りん》がいたから、**がんばってとり返《かえ》せてきたんだ。

二人《ふたり》は、あたしにとって――。

「ホント、どこにいるの？　お願《ねが》いだから、はやく会《あ》い……」

「くらら！」

名前《なまえ》を呼《よ》ばれて、顔《かお》を上《あ》げる。

階段《かいだん》の上《うえ》から、玄《げん》と凛《りん》が――。

「……エドくん？」

息《いき》を切《き》らして、あたしを心配《しんぱい》そうに見《み》つめている。

「**どうした!?**　気分《きぶん》が悪《わる》くなったのか？」

「大丈夫《だいじょうぶ》……じゃなくて、**つかまえた！**」

そくざに立《た》ち上《あ》がって、ガバッと抱《だ》きつく。

チャンスだ！　ぜったいに、はなさない！

「な、なんだ!? はなせ!」

「イヤだ! 大統領《だいとうりょう》には会《あ》いに行《い》かせない〜〜! ほかのホテルに行《い》かせない〜〜!」

「そのために、一人《ひとり》で……。支配人《しはいにん》が言《い》っただろ? 依頼者《いらいしゃ》のおれが、もういいって——」

「あたしにとって、**エドくんはしごとのパートナー**なの! 勝手《かって》に決《き》めて、勝手《かって》にすすめないで! ちゃんと話《はな》し合《あ》ってもらわなくちゃ、こまる!」

そこで、エドくんの動《うご》きが止《と》まる。

「……分《わ》かった。**もう、逃《に》げないから**」

あたしは息《いき》を切《き》らしながら、エドくんからはなれる。

「それで、なんであきらめたの?」

「ボディーガードが言《い》ってただろ。母《かあ》さんは、来《く》るんじゃなかったって言《い》ってるって。**さいしょから、計画《けいかく》は失敗《しっぱい》していたんだ**。なんとかしようと**がんばればがんばるほど、**母《かあ》さんを**よけいに不安《ふあん》にさせただけ**で、だいじな時間《じかん》をムダにさせた」

「まだだよ! まだ時間《じかん》はある——」

「これ以上《いじょう》がんばっても、いいことないんだよ」

トンッ。

あたしの肩《かた》に、エドくんが頭《あたま》をのせる。

「ホテルの支配人《しはいにん》が、失敗《しっぱい》をとり返《かえ》したいと言《い》って、きみも依頼《いらい》を受《う》けてとり返《かえ》そうと答《こた》えたとき、**もしかしたら**——って希望《きぼう》が見《み》えた。だけど、やっぱり……**がんばってもがんばっても**、それが、**かならずいい結果《けっか》につながるとはかぎらない**んだよな。おれも、母《かあ》さんも、みんな……」

かなしい声《こえ》が、耳《みみ》に張《は》りついてはなれない。

分《わ》かんない、分《わ》かんないよ。

どんなことだって、さいごにはきっといいことがある。

そう信《しん》じて、みんながんばるんじゃないの？

がんばっても、失敗《しっぱい》して。またがんばっても、**失敗《しっぱい》**。

だからもう、ダメ。

だから、**あきらめる**。

失敗《しっぱい》って、そんなに**ワルモノ**なの——？

——失敗《しっぱい》は、ミカタなんだよ。

ふっと、**ママの言葉《ことば》**が思《おも》い浮《う》かんだ。

ああ、そうだ。あたし、エドくんと同《おな》じような経験《けいけん》をしたことあった。

ママがカゼをひいたとき、お手伝《てつだ》いをしようと、家事《かじ》にチャレンジした。

だけど、失敗《しっぱい》しまくって、**家中《いえじゅう》をちらかしちゃって**……。

ぜったい、おこられると思《おも》った。でもママは、**笑顔《えがお》でこう言《い》ったんだ。**

「この失敗《しっぱい》は、**くららががんばった証拠《しょうこ》**だね。失敗《しっぱい》は、**ミカタ**なんだよ。またがんばって、
つぎは成功《せいこう》させるための、**だいじなミカタ**」って。

そのとき、分《わ》かったんだ。

がんばるって、きっと――。

「エドくん、来《き》て」

手《て》を引《ひ》いて、階段《かいだん》の一段目《だんめ》に立《た》つ。

「あのね。あたしたちは今《いま》、**がんばりの階段《かいだん》**の一段目《だんめ》なの」

「がんばりの階段《かいだん》……？」

「**がんばることは、階段《かいだん》をのぼることと同《おな》じ**なの。一回《かい》のがんばりでうまくいかなくても、**それはぜったい次《つぎ》につながってる。**だから、二回目《かいめ》がんばって、また一段《だん》のぼる。そして――」

ダンダンッとかけ足《あし》でのぼって、一番上《いちばんうえ》で、両《りょう》うでを広《ひろ》げる。

「ホラ！　**のぼることをあきらめなかったら、いつかちゃんと頂上《ちょうじょう》にたどりつけるよ**」

「くらら……」

「あたしはぜんぜんあきらめてないから。失敗《しっぱい》のまま終《お》わらせる気《き》なんてない！」

今《いま》までだって、失敗《しっぱい》するたびに、がんばり直《なお》してきた。

さいごはかならず、成功《せいこう》させる！

「あたしが、このホテルに起《お》こったトラブルや失敗《しっぱい》を活《い》かして、**大逆転《だいぎゃくてん》**してみせるよ」

「どうやって？」

「まずは、ホテルのトラブルと失敗《しっぱい》を**おさらい**しよう！」

スマホの、**メモ帳機能《ちょうきのう》**をつかう。

【カポノリゾートのトラブルと、失敗《しっぱい》】

①　電気《でんき》がまだつかなくて、ホテル中《じゅう》が**まっ暗《くら》**。

②　レストランの中《なか》が**メチャクチャ**。
③　名物《めいぶつ》の船《ふね》が**ボロボロ**にこわれた。

失敗《しっぱい》を成功《せいこう》に……。

問題《もんだい》だらけのレストランを、サイコーのディナーができる場所《ばしょ》に……。

「なにか、思《おも》いついたか？」

「うん、それが……**まったく、ひらめかない！**」

いつもはピンチになると、ひらめくんだけどなあ。

エドくんは、大《おお》きなため息《いき》をつく。

「はあ。やっぱり、あきらめるしか――」

「あっ！　**コレをつけてないから**だ」

ポケットから、いつもの**紙《かみ》ひこうきの髪《かみ》かざり**をとり出《だ》す。

「それはなんだ？」

「あたしのお守《まも》り。会社《かいしゃ》をたち上《あ》げたときに、買《か》ったの」

「紙《かみ》ひこうきの形《かたち》……社名《しゃめい》も、ペーパー・エア・プレインだよな。好《す》きなのか？」

「好《す》きっていうか、あたしが**アイデアを考《かんが》えるきっかけ**なの」

「きっかけ？」

「幼稚園《ようちえん》のころに、すごくイヤな気分《きぶん》になった日《ひ》があったの」

思《おも》い出《で》を頭《あたま》の中《なか》で再生《さいせい》しながら、ゆっくり話《はな》す。

「そんなとき、パパが言《い》ったの。**イヤな気持《きも》ちは吹《ふ》き飛《と》ばせばいい**って。一枚《まい》の紙《かみ》をわたされて、イヤな気持《きも》ちを書《か》いた。パパはその紙《かみ》を折《お》って、はじめて紙《かみ》ひこうきをつくって見《み》せてくれたの。あたしすごく、びっくりしたの！　**たった一枚《まい》の紙《かみ》から、空《そら》を飛《と》ぶ飛行機《ひこうき》をつくれるんだって**」

庭《にわ》から見上《みあ》げた、空《そら》をぐるぐる回《まわ》る白《しろ》い紙《かみ》ひこうき。

今《いま》でもはっきり、覚《おぼ》えている。

「イヤな気分《きぶん》なんて、**いっしゅんで吹《ふ》き飛《と》んだ**。それから、どうやってこんなことを思《おも》いつくんだろうって、そればっかり考《かん》えた。――で、決《き》めたの」

「なにを？」

「あたしもいつか、**だれかのイヤな気持《きも》ちを、いっしゅんで吹《ふ》き飛《と》ばすアイデアを生《う》みだせる人《ひと》になりたい**って」

この話《はなし》、玄《げん》と凜《りん》にはしてないかも。

でも、エドくんにはスゴく聞《き》いてほしい。だって――。

「紙《かみ》ひこうきを考《かんが》えた人《ひと》を、あたしは知《し》らない。逆《ぎゃく》に、あたしのことを、紙《かみ》ひこうきを考《かんが》えた人《ひと》は知《し》らない。それでも、あたしのためになった……あたしたちも、きっとできる。**がんばって考《かんが》えたり、行動《こうどう》したりすることは、だれかのためになる**」

「……」

「エドくんがココに来《き》てくれたことだって、あたしのためになったよ！」

「くららの、ため？」

「あたしと同《おな》じ、小学生社長《しょうがくせいしゃちょう》がいるって知《し》れた――世界《せかい》には、エドくんみたいにスゴい子《こ》がいるんだって。あたしも、**もっともっとスゴい社長《しゃちょう》になりたいって夢《ゆめ》ができたよ。**だから、エドくんも、あきらめてほしくない！　だって――**もったいなさすぎる！**」

「も、もったいない？」

「エドくんだって、**これから**、もっと**もっとスゴくなれる。**なのに、こんなところであきらめるなんて、**もったいないよ！**」

エドくんの両目《りょうめ》が、見《み》ひらかれる。

「……くららは、本当《ほんとう》に、だれかを元気《げんき》にさせるのがうまい――いや、才能《さいのう》だな」

そう言《い》って、またおかしそうに笑《わら》う。

「おれ今《いま》、その期待《きたい》に応《こた》えたくてしかたがなくなってきた……。まだ、あきらめたくない」

「エドくん！　よかった……これで、パートナー復活《ふっかつ》だよ！」

こんどは、あたしから手《て》をさし出《だ》す。

エドくんが笑顔《えがお》のまま手《て》をとって、しっかり握手《あくしゅ》し合《あ》う。

「ところで、おれは知《し》ってるぞ。ジャック・ノースロップだ」

「へ？」

「紙《かみ》ひこうきを、はじめてつくった人《ひと》の名前《なまえ》。それより前《まえ》からあったという話《はなし》もあるが、一般的《いっぱんてき》に広《ひろ》く知《し》られているのはその人《ひと》だ。飛行機《ひこうき》を飛《と》ばすためのアイデアを発見《はっけん》するために、紙《かみ》ひこうきをつくっていたらしい」

「へ、へえ～～～！　なんで知《し》ってるの？」

「これくらい、トーゼンだ。おれは世界的《せかいてき》に有名《ゆうめい》な、スゴい社長《しゃちょう》だからな」

エドくんらしい口調《くちょう》が、もどってきた。

「スゴい社長同士《しゃちょうどうし》らしく、しごとを成功《せいこう》させよう。このドン底《ぞこ》からはい上《あ》がってな」

「ドン底《ぞこ》は言《い》いすぎじゃない？」

「スマホのメモの内容《ないよう》からすれば、そのとおりだと思《おも》うが」

うっ。まあ、たしかに。

「まるで、**ふか〜くて、くら〜い海《うみ》の底《そこ》に沈《しず》んでいる**みたいだよね。はあ……」

……あれ？ でもそれって、悪《わる》くないコトかも？

だって、ダイバーさんが言《い》ってたよね。

——**本当《ほんとう》に光《ひか》る生《い》き物《もの》もいますよ。**

——**光《ひかり》が届《とど》かないまっ暗《くら》な、水深《すいしん》200メートル以上《いじょう》の深海《しんかい》には。**

「どうした？ 急《きゅう》にだまりこんで」

エドくんが、顔《かお》をのぞきこんでくる。

目《め》が合《あ》って、ある言葉《ことば》を思《おも》い出《だ》す。

——母《かあ》さんは、海《うみ》が好《す》きなんだ。

そして、このホテルは——。

——当《とう》ホテルの名前《なまえ》のカポノとは、ハワイ語《ご》で、『ありのまま』という意味《いみ》。

——来《き》てくださるお客《きゃく》さまには、その方《かた》の『好《す》き』をつめたトクベツなお部屋《へや》で、ゆっくりしていただければ。

「好《す》きをつめた……ありのまま……海《うみ》……まっ暗《くら》な……光《ひか》る――」

ピカッ！
ド――――ン！

ひときわ大《おお》きなカミナリの音《おと》が鳴《な》って、落《お》ちた――あたしの頭《あたま》の中《なか》に。

ひらめいたよ。

失敗《しっぱい》もトラブルも、サイコーのおもてなしに大変身《だいへんしん》させちゃう方法《ほうほう》……!!

「ヒントは、さいしょからあったんだよ！　**ありのままでいいんだ！**」

「いきなりどうした――わっ」

エドくんの手《て》を引《ひ》っぱって、しゃがみ込《こ》む。

「な、なにするんだよ」

あわてるエドくんに、ニッコリ笑《わら》う。

「ねえ、エドくん。**今《いま》はあたしたち、ドン底《ぞこ》のままでいようよ**」

8

始動《しどう》！

「――なあ。どうして教《おし》えてくれないんだ？」

レストランの方《ほう》へもどりながら、エドくんが不満《ふまん》げに言《い》う。

「アイデア、思《おも》いついたんじゃないのか」

「思《おも》いついたよ。でもまだ、カンペキじゃない。まずは、玄《げん》と凛《りん》の意見《いけん》を聞《き》きたいの」

「またその二人《ふたり》か……」

エドくんが苦《にが》い顔《かお》をする。

「だから、合流《ごうりゅう》するのは後《あと》でいいだろ。時間《じかん》が――」

「ダメ」

はっきり、答《こた》える。

「二人《ふたり》が、あたしのアイデアを**何倍《なんばい》**も、**何十倍《なんじゅうばい》**もふくらませてくれるの」

いつだって、そうやってしごとを成功《せいこう》させてきたんだ。

「……おれじゃ、**ダメ**なのか」

「え」

ふり返《かえ》ると、エドくんは立《た》ち止《ど》まっていた。

ライトを向《む》けると、フキゲンな顔《かお》をしている。

「おれは、くららと同《おな》じ社長《しゃちょう》だ。でもその二人《ふたり》は、ただの社員《しゃいん》で――」

「ただの社員《しゃいん》じゃねーよ」

なじみのあるぶっきらぼうな声《こえ》が、頭《あたま》のすぐ上《うえ》で聞《き》こえた。

この声《こえ》は――。

「……って、**玄《げん》、重《おも》い！**」

あたしの頭《あたま》の上《うえ》にのせているうでを、払《はら》う。

「今《いま》までどこに……あ、**凛《りん》もいっしょだ！**」

玄《げん》のすぐそばで、手《て》をふっている。

二人《ふたり》の顔《かお》を見《み》たとたん、あたしの中《なか》の明《あ》かりがパッとつく。

「二人《ふたり》とも！　今《いま》までどこにいたの？」

「それはこっちのセリフだ。あれだけ合図《あいず》してたのに、あちこち動《うご》き回《まわ》りやがって」

「それはいろいろあって……あっ、凛《りん》！　あのメモは、どういうこと!?」

「のろいっぽいメモを残《のこ》せば、きっとくららはさわぐ。その**大声**《おおごえ》をたよりに、見《み》つけようと思《おも》ったんだ」

「あー、なるほど！　あたし、声《こえ》がヒトの何倍《なんばい》も大《おお》きいから……って、**ヒドくない!?**」

「やっと見《み》つけたと思《おも》ったら、逃《に》げられて時間《じかん》がかかったよ。いや——正確《せいかく》には、**連《つ》れ去《さ》られたせい**だね。そこのきみに」

「それはゴカイだ。おれは、**くららを守《まも》ろうとしただけだ**」

エドくんが、ずいっと前《まえ》に出《で》る。

「きみたちは、**青羽**《あおば》　**玄**《げん》と**白瀬**《しらせ》　凛《りん》だな？　ペーパー・エア・プレイン社《しゃ》の**副社長**《ふくしゃちょう》と、**広報担当**《こうほうたんとう》で——」

「エラそうに言《い》うなよ。どうせ、くららから聞《き》いたんだろ」

玄《げん》の言葉《ことば》に、エドくんがムッとした顔《かお》をする。

「……雑誌《ざっし》の記事《きじ》にのるのもコワがる**臆病者**《おくびょうもの》だと聞《き》いていたが、少《すこ》しちがうようだな」

「はあ？　臆病者《おくびょうもの》だと？」

「ちょちょちょ、ちょっとまって！　あたし、そんな言《い》い方《かた》してないからね!?」

「おれの自己紹介《じこしょうかい》が、まだだったな。おれは——」

「エドワード・ドルフィン。大統領《だいとうりょう》の一人息子《ひとりむすこ》なんだろ？」

凛《りん》が先《さき》に言《い》う。

「くららを巻《ま》き込《こ》んで、あちこち連《つ》れ回《まわ》した張本人《ちょうほんにん》」

凛《りん》らしくない、トゲのある言《い》い方《かた》……。

エドくん、ますますフキゲンになってない!?

「ちゃんとしごとを依頼《いらい》して、引《ひ》き受《う》けてもらっただけだ」

「そ、そう！　このホテルのピンチを救《すく》うために、協力《きょうりょく》し合《あ》ってるの！」

「なんでそいつを、かばうんだよ」

「ていうかくらら、おしごとは禁止《きんし》じゃないの？　ぼくらは、休暇《きゅうか》で来《き》てるんだよ」

「だって〜」

「だってじゃねえ。つーか、いつまでそっち側《がわ》にいるんだよ」

玄《げん》にうでをつかまれ、引《ひ》っ張《ぱ》られる。

「コイツは、返《かえ》してもらうからな。おれたちの社長《しゃちょう》だ」

「それはムリだ」

こんどは、エドくんのほうに引《ひ》っ張《ぱ》られる。

「彼女《かのじょ》は、おれと協業《きょうぎょう》すると約束《やくそく》した。**おれのパートナーだ。**返《かえ》すわけにいかない」

鼻《はな》がくっつきそうな勢《いきお》いで、にらみ合《あ》う二人《ふたり》。

「お前《まえ》の事情《じじょう》なんか、しらねーよ」

「それは、こっちのセリフだ」

「あの、ちょっと」

交互《こうご》に、左右《さゆう》に引《ひ》っ張《ぱ》られる。

だんだん、きもちわるくなってきた……**うっ。**

「これ以上《いじょう》、こんな暗《くら》やみの中《なか》を連《つ》れ回《まわ》されてもこまるんだけど」

凛《りん》が、玄《げん》に加勢《かせい》する。

「ケガでもしたら、どう責任《せきにん》をとってくれるの？」

「彼女《かのじょ》には、キズ一つつけていない。ころばないように、手《て》をとってリードもしていた」

「**甘《あま》いな**」

玄《げん》がするどく言《い》い返《かえ》す。

「お前《まえ》は、くららがどれだけ**ドジ**か知《し》らねーから、そんなカンタンに言《い》うんだよ。そんなんで、

こいつの**イノシシ**みたいな勢《いきお》いにストップをかけられるわけないだろ」

「もう、吐《は》く……え、玄《げん》。それ、あたしのこと**バカにしてる**よね？　言《い》いすぎじゃない？」

「そうだ、言《い》いすぎだ。彼女《かのじょ》はせいぜい、ヒトの言《い》うことを聞《き》かない**あばれ馬《うま》**だ」

　エドくんもフォローになってない！

　イノシシといい、馬《うま》といい……なんでみんな、動物《どうぶつ》シリーズでたとえるワケ!?

　萌黄《もえぎ》　くらら、**カチーン**ときましたっ。

「**もうこの話《はなし》はヤメ！**　ていうか、もうこの暗《くら》い中《なか》をウロウロしないから大丈夫《だいじょうぶ》だし！」

「ああ。じゃあ、しごとはもうやめるんだね」

「それもちがうよ。**ピンチを切《き》り抜《ぬ》けるアイデアをひらめいた**から、ウロウロする必要《ひつよう》はないってコト！　そして、社長《しゃちょう》のあたしがアイデアをひらめいた以上《いじょう》、トーゼン……」

玄《げん》と凛《りん》の、肩《かた》をがしっとつかむ。

「きみたち社員《しゃいん》にも、しっかり協力《きょうりょく》してもらいます！」

「はあ!?　なんでおれが——」

「まってよ、ぼくは——」

「社長命令《しゃちょうめいれい》です！　あたしは、エドくんと——このホテルを助《たす》けたいの！」

まばたきもしないで、二人《ふたり》をじっと見《み》る。

「玄《げん》、ムリだよ。くららがこう言《い》い出《だ》したら……」

「ぜったいに引《ひ》き下《さ》がるワケがねーよな……」

「二人《ふたり》とも、よく分《わ》かってるじゃん！」

さっすが、**あたしの仲間《なかま》！**

「話《はなし》はついたみたいだな。おれたちの指示《しじ》のもと、しっかり動《うご》いてくれ」

「お前《まえ》にエラそうにされる覚《おぼ》えはねーよっ。おれたちは、くららに協力《きょうりょく》するだけだ」

「とにかく、なにをすればいい？　レストランにもどって、片付《かたづ》けを手伝《てつだ》えばいい？」

「え？　**片付《かたづ》けてるの？**」

「くららが、柏木《かしわぎ》さんたちにそう指示《しじ》したんだろ？」

「ああ、そうだった！　**ヤバい！**」

思《おも》わず、悲鳴《ひめい》を上《あ》げる。

「急《いそ》いでもどらなくちゃ！　みんなもはやく！」

レストランのほうに向《む》かって、走《はし》り出《だ》す。

「なにがヤバいの？」

「おれたち、まだなんにも聞《き》いてねーぞ！」

「だから、どういうアイデアなんだ？」

「質問《しつもん》はあと！　とにかく、**柏木《かしわぎ》さんたちを止《と》めなくちゃ！**」


——展望《てんぼう》レストラン。


「スト――――――――――ップ!!」

たどりつくなり、大声《おおごえ》でさけんだ。

その場《ば》にいる全員《ぜんいん》が、両耳《りょうみみ》をふさいだ。

「も、萌黄《もえぎ》さま……。いったい、どうされましたか？」

「はあ、はあ……かた……はあ、はあ、や、やめ……」

「えっ？　なんと、おっしゃいましたか？」

「かたづけを……やめ……ふぅ――――」

息《いき》をととのえてから、はっきり言《い》う。

「今《いま》すぐ、片付《かたづ》けをやめてください。むしろ、**もっと、あらしちゃってください！**」

「「「「!!」」」」

「萌黄《もえぎ》さま、どういうことでしょうか。やはり、おもてなしをあきらめ――」

「ちがいます！　**おもてなしを成功《せいこう》させるために**、あらしてほしいんです！」

ぜんいんが、首《くび》をかしげる。

「このホテルのコンセプトは、お客《きゃく》さんがありのままでいられるように、お客《きゃく》さんの好《す》きをつめこむことですよね？」

「ええ、そうですが……」

「今《いま》、このホテルの中《なか》は、**まっ暗《くら》でメチャクチャ**。そして、今夜《こんや》もてなすお客《きゃく》さんは、**ドルフィ**

ン大統領《だいとうりょう》……つまり、**このままでいいってことなんです！**」

まだみんな、ポカーンとしている。

あたしの説明《せつめい》、ヘタなのかな？

「凛《りん》、もっとうまく説明《せつめい》できる？」

「**ムリだよ。**説明《せつめい》してほしいのは、ぼくらも同《おな》じなんだから。ね、玄《げん》」

「ああ。一言《ひとこと》も聞《き》いてねーぞ」

玄《げん》もムスッとした顔《かお》をしている。

あれ、そうだっけ？（出会《であ》ったら、もう言《い》った気《き》になっちゃってた）

「じゃあ、エドくん……」

「この二人《ふたり》に話《はな》すまでは、言《い》えないと言《い》ったじゃないか」

そ、そうでした……。

えっ、みんなは聞《き》いたよね？　あれ、聞《き》いてない？

そっか。じゃあ――。

「それでは、一《いち》から説明《せつめい》しますっ。**ぜんいん、あたしの前《まえ》に集合《しゅうごう》――――!!**」

「――それで、**このホテルが海《うみ》の中《なか》に沈《しず》んだことにしたいのです！**」

一人《ひとり》ひとりの顔《かお》を見《み》ながら、説明《せつめい》する。

「ダイビングのときに、ガイドさんが言《い》ってたの。深海《しんかい》は、光《ひかり》が届《とど》かなくてまっ暗《くら》だって。あと、エドくんが、**沈《しず》んだボロボロの船《ふね》もあるって**。それってもう、このホテルのことじゃない？　**カポノ・リゾートは今《いま》、まさに深海《しんかい》そのもの！**」

「なぜ、そのようにうれしそうに？」

「今日《きょう》のディナーのお客《きゃく》さん――大統領《だいとうりょう》には、ピッタリな状況《じょうきょう》だからですよ！　**大統領《だいとうりょう》は、海《うみ》が好《す》き！**　だけど、**泳《およ》げない**……。エドくん、そうだよね？」

「ああ」

「だったら、海《うみ》の中《なか》を体験《たいけん》できない大統領《だいとうりょう》のために、このホテルのディナーで、**深海体験《しんかいたいけん》をできるおもてなし**をすればいいんです！」

「――なるほどね」

凛《りん》がすぐに理解《りかい》して、うなずく。

「この停電《ていでん》の暗《くら》やみも、こわれた船《ふね》も、**そのまま利用《りよう》した**おもてなしをするってことだね」

「ダイビングの体験《たいけん》をしたのも、ムダじゃなかったな。いいんじゃねーか」

玄《げん》も、賛成《さんせい》してくれる。

「さすが、萌黄《もえぎ》さまです。ですが……」

柏木《かしわぎ》さんが、言《い》いにくそうにしつつ前《まえ》に出《で》てくる。

「深海体験《しんかいたいけん》をしていただくにも、さすがにこの暗《くら》さは、**危険《きけん》でブキミ**ではないかと……」

「それは、もちろんです。やっぱり、明《あか》るさは必要《ひつよう》です。でも知《し》っていますか？　深海《しんかい》にも、**まったく光《ひか》るものがないわけじゃない**んです」

「えっと、すみません。もう少《すこ》し説明《せつめい》していただけますか」

「深海《しんかい》には、**光《ひか》る生《い》き物《もの》がたくさんいる**らしいんです。ええっと……ほたるいか、ヨロイザメでしょ？　それから、**チョコアンコー！**」

「……チョウチンアンコウのことだね」

凛《りん》が、苦笑《にがわら》いしながら訂正《ていせい》する。

「つまりくららは、**深海《しんかい》にいる発光生物《はっこうせいぶつ》を明《あ》かりの代《か》わりにしたい**ってこと？」

「その通《とお》り！　……だけど、光《ひか》る生《い》き物《もの》たちをどうつくったらいいか、まだ分《わ》からないの。玄《げん》と凛《りん》、どうすればいいと思《おも》う？」

「光《ひか》る生《い》き物《もの》ねえ……」

玄《げん》はうでを組《く》みながら、ぐるっと辺《あた》りを見回《みまわ》す。

ふっ――と、目線《めせん》が門道《かどみち》さんで止《と》まる。

「それを使《つか》えばいい」

ピッと、門道《かどみち》さんが持《も》っている**あるもの**を指《ゆび》さす。

「それ……？　ハッ！　わたくしとしたことが、つい無意識《むいしき》に持《も》ってきてしまった……！」

玄《げん》が指《ゆび》さしたのは、例《れい》の光《ひか》るうちわだった。

「玄《げん》、あのうちわを使《つか》うの？」

「ちげーよ。うちわじゃなくて、それに貼《は》りつけてる**蓄光《ちっこう》シール**を使《つか》うんだよ」

「ちっこうシール？　凛《りん》、なにそれ？」

「懐中電灯《かいちゅうでんとう》とかで照《て》らして光《ひかり》を蓄《たくわ》えることで、暗《くら》やみでも光《ひか》る、特殊《とくしゅ》なシールのことだよ」

「そーいうこと。そのシールで、**光《ひか》る海《うみ》の生《い》き物《もの》をかたどってつくるんだ。**そして、カベや床《ゆか》、天井《てんじょう》……レストランのあらゆる場所《ばしょ》に貼《は》りつける。明《あか》るさも出《で》るし、くららの言《い》う深海体験《しんかいたいけん》の雰《ふん》囲気《いき》が出《だ》せるだろ」

「ああ、なるほど！　それは、いいアイデアです！」

門道《かどみち》さんが手《て》をたたく。

「今《いま》まで、応援《おうえん》うちわでしか使用《しよう》したことがなかったから、思《おも》いつかなかった……。それなら、お任《まか》せください。

「さすが玄《げん》！　やっぱり、**コンサート準備《じゅんび》のために、大量《たいりょう》に用意《ようい》しましたから**」

くるっと、エドくんの方《ほう》をふり返《かえ》る。

「ほらね、**うちの社員《しゃいん》はスゴい**でしょ？」

「いや、まだ**問題《もんだい》**はある」

エドくんの言葉《ことば》に、玄《げん》が顔《かお》をしかめる。

「なんだよ」

「部屋《へや》からレストランまでの道《みち》のりはどうする？　もちろん**エレベーターは使《つか》えない。**階段《かいだん》を使《つか》うにしても、この暗《くら》い中《なか》をのぼってあちこち回《まわ》れば、大統領《だいとうりょう》はフシンがるだろ」

「それも心配《しんぱい》ないよ」

凛《りん》がすかさず答《こた》える。

「ホテルには、もう一つ階段《かいだん》があるはずだ。**非常階段《ひじょうかいだん》**がね」

「非常階段《ひじょうかいだん》だと？　よけいに不安《ふあん》にさせるだけだろ。それに、演出《えんしゅつ》もできない」

「いいや、その逆《ぎゃく》だよ。非常階段《ひじょうかいだん》はせまくて、かつ、**レストランまで一直線《いっちょくせん》で行《い》ける**。その中《なか》で、
玄《げん》の言《い》った方法《ほうほう》を**応用《おうよう》**するんだ」

「応用《おうよう》って？」

「海《うみ》の中《なか》は、深《ふか》さによって**色《いろ》**がちがうよね。非常階段《ひじょうかいだん》をのぼりながら、そのちがいを見《み》せる
……**グラデーションをつける**っていえば分《わ》かりやすいかな。蓄光《ちっこう》シールの量《りょう》や色《いろ》を調整《ちょうせい》すれば、
海上《かいじょう》から深海《しんかい》へと向《む》かうような演出《えんしゅつ》ができる」

「なるほど！　凛《りん》もさすが〜！」

二人《ふたり》のアイデアで、次々《つぎつぎ》と演出方法《えんしゅつほうほう》が決《き》まっていく。

「──それで、ほかに問題《もんだい》は？」

玄《げん》と凛《りん》が声《こえ》をそろえて、エドくんにたずねる。

エドくんは少《すこ》し口《くち》をとがらせながら、首《くび》を横《よこ》にふる。

「ない。おれは、それでいい」

え〜、玄《げん》と凛《りん》、**今《いま》まで一番息《いちばんいき》ピッタリ**じゃない？

二人《ふたり》でいる間《あいだ》、なにかあったのかな？

「柏木《かしわぎ》さんは、どうですか？」

「わたくしは、もちろん――」

そのとき、柏木《かしわぎ》さんのスマホが鳴《な》った。

「電話《でんわ》が通《つう》じた？　もしも……」

「**柏木《かしわぎ》！　よけいなことを、していないだろうな!?**」

千堂《せんどう》オーナーからだった。

「いま、ペーパー・エア・プレイン社《しゃ》さまと相談中《そうだんちゅう》で……」

「ぜったいに、耳《みみ》をかたむけるな！　きみは、**また失敗《しっぱい》をしたいのか!?**」

「い、いえ！　その失敗《しっぱい》をとり返《かえ》すために――」

「だったら、わたしが行《い》くまでなにもするな！　それが、**かくじつに失敗《しっぱい》をとり返《かえ》す、たった一つの方法《ほうほう》だ！**　だから――**ビビビッ……**」

途中《とちゅう》で、電波《でんぱ》が切《き》れた。

柏木《かしわぎ》さんは落《お》ち込《こ》んだように、肩《かた》を落《お》とす。

「すみません、萌黄《もえぎ》さま。わたくしは、やはり……」

「あたし、**柏木《かしわぎ》さんのおかげで**、アイデアをひらめきました！」

きょとんとする柏木《かしわぎ》さんに、ニカッと笑《わら》う。

「アイデアは、リレーなんです。だれかのアイデアがもとで、新《あたら》しいアイデアをひらめいて……そうやってみんなのアイデアをつなげて、ゴールするんです。『好《す》きをつめた』トクベツな部屋《へや》とか、提灯船《ちょうちんぶね》にしようとがんばってくれたこととか……とにかく、柏木《かしわぎ》さんのアイデアが、あたしのアイデアにつながったんです！」

「本当《ほんとう》ですか？」

「ハイ！　だから――変《か》えられないでください！」

「変《か》えられる……？」

「あたしとエドくんの言葉《ことば》に、目《め》が覚《さ》めたって言《い》ったじゃないですか。なのに、オーナーの言葉《ことば》で、また変《か》えるんですか？　失敗《しっぱい》したからって、じぶんよりエラい人《ひと》の言葉《ことば》だからって、じぶんの考《かんが》え方《かた》まで変《か》えられちゃダメです。柏木《かしわぎ》さんのイイところをダメにしないでください。お客《きゃく》さんをよろこばせることを一番《いちばん》に考《かんが》えて、いっぱいがんばる……それでいいじゃないですか。ていうか、サイコーじゃないですか！」

柏木《かしわぎ》さんの目《め》がうるんで――顔《かお》をふせる。

「あたしたちのアイデアと、千堂《せんどう》オーナーの提案《ていあん》……どっちが、柏木《かしわぎ》さんらしく、しごとができますか？」

その場《ば》が、しずまりかえる。

柏木《かしわぎ》さんは二回《かい》うなずいたあと、顔《かお》を上《あ》げた。

「――わたくし、**海洋生物《かいようせいぶつ》の図鑑《ずかん》を持《も》ってきますね！** 海《うみ》の深《ふか》さによって、生息《せいそく》している生《い》き物《もの》もちがうので、非常階段《ひじょうかいだん》でリアルに演出《えんしゅつ》しましょう！」

「わあ！　それ、ナイスアイデアです！」

柏木《かしわぎ》さんは、カラッとした晴《は》れやかな笑顔《えがお》を見《み》せる。

どんなしごとだって、**じぶんらしくいられるのが一番《いちばん》だ。**

柏木《かしわぎ》さんは図鑑《ずかん》を、門道《かどみち》さんは蓄光《ちっこう》シールを、それぞれとりに行《い》く。

「くららは、**根《ね》っから社長《しゃちょう》になる素質《そしつ》**があるんだな」

エドくんが、ふいにホメ出《だ》す。

「**周《まわ》りの人間《にんげん》の才能《さいのう》を発揮《はっき》させる力《ちから》**がある……それは、社長《しゃちょう》にだいじな**素質《そしつ》**だ」

「え～！　そんなこと言《い》われたのはじめて！」

「だれも気《き》づかないのか？　おれは、**数時間《すうじかん》いっしょにいるだけで**気《き》づいたのに」

「わざわざ言《い》うほうが、ウソくさいだろ」

ボソッと、玄《げん》がつぶやく。

「つーか、お前《まえ》。**いちいち口《くち》に出《だ》さなきゃ、**気《き》がすまないのかよ」

「意味《いみ》が分《わ》からないな。**思《おも》ったことは口《くち》に出《だ》さないで、どうするんだ？**」

また、いがみ合《あ》う二人《ふたり》。

こんなところでモメられたら、こまるんですけど!?

「**あ、ねえ！**　あそこにも、ピアノがあるよ？」

話題《わだい》をそらそうと、指《ゆび》をさして大声《おおごえ》で言《い》う。

「そうだ、玄《げん》！　**ディナーのとき、弾《ひ》いてよ。**ご飯《はん》を食《た》べるところって、音楽《おんがく》が流《なが》れてるじゃん」

「伴奏《ばんそう》か。たしかに、ディナーには必要《ひつよう》だな」

「**ヤダ**」

玄《げん》は鼻《はな》にシワを寄《よ》せて、きっぱりことわる。

「お前《まえ》のためには、ぜってえ弾《ひ》かねえ」

「まあ、**自信《じしん》がないなら**やめてくれ。幼稚《ようち》な演奏《えんそう》をして、雰囲気《ふんいき》をこわされてもこまる」

「おい、**だれが自信《じしん》がないって？**」

話題《わだい》をそらしたはずなのに、またまた険悪《けんあく》ムード！

そうこうしているうちに、柏木《かしわぎ》さんと門道《かどみち》さんがもどってきた。

おもてなしの準備《じゅんび》のための道具《どうぐ》が、やっとそろった。

「ほらほらっ。**みんなで協力《きょうりょく》して、準備《じゅんび》するよ！**」

「よし。じゃあ、まずは――」

「エドくんは、部屋《へや》にもどって」

指示《しじ》を出《だ》そうとするエドくんに向《む》かって、出口《でぐち》を指《ゆび》さす。

「なんでだ？　まさか、客《きゃく》だからとか言《い》うんじゃないだろうな？　おれが、しごとのパートナーだって言《い》ったのは、きみだぞ」

「分《わ》かってるよ。だからエドくんは、用意《ようい》ができるまで、ママさんをちゃんと落《お》ちつかせて。して、伝《つた》えたい言葉《ことば》をちゃんと考《かんが》えて。**それが、今《いま》のエドくんのしごと――大統領《だいとうりょう》をちゃんと元《げん》気《き》づけるために、必要《ひつよう》な準備《じゅんび》だから**」

「くらら……」

「ぼーっとしてないで、さっさと行《い》けよ。時間《じかん》ねーんだから」

「きみに指示《しじ》される筋合《すじあ》いはないが、くららが言《い》うならしかたない。じゃあ、がんばってくれ。

くれぐれも、油断《ゆだん》しないように」

エドくんはそう言《い》い残《のこ》して、スタスタとレストランを出《で》ていく。

「去《さ》り際《ぎわ》までムカつくやつだな」

「まあまあ。ディナーの準備《じゅんび》を完成《かんせい》させて、あっと言《い》わせようよ。さてと、まずは**海《うみ》の生《い》き物《もの》の**
シールをつくらなくちゃね」

凛《りん》はさっそく図鑑《ずかん》を広《ひろ》げる。

「うーん。めずらしくて迫力《はくりょく》のある生《い》き物《もの》がいいよね」

「あ、この**ヨロイザメ**はどう？　ちょっとむずかしいかな……玄《げん》つくれる？」

「はあ？　**つくれるに決《き》まってんだろっ**」

「**なんでおこってるの!?**　もしかしてピアノのこと？　べつにムリしなくてもいい……」

「弾《ひ》いてやるよ。こうなったら、**あいつが何《なん》にも言《い》えないくらいカンペキにしてやる！**」

いつになく、やる気《き》に満《み》ちあふれてる……。

「あの、萌黄《もえぎ》さま。わたくしたちは、どうすれば？」

柏木《かしわぎ》さんと門道《かどみち》さんも、うずうずした様子《ようす》で聞《き》いてくる。

「えーっと。じゃあ、名物《めいぶつ》の船《ふね》を、**海《うみ》の底《そこ》に落《お》ちたっぽく**してくださいっ」

「落《お》ちたっぽくとは？」

「船全体《ふねぜんたい》を、**もっとボロボロ**にするんです。サビてたり、コケがついていたり……あと、割《わ》れたお皿《さら》や花《か》びんも放《ほう》り込《こ》んじゃえばいいと思《おも》います！」

「分《わ》かりました。みんな、すぐにとりかかりましょう！」

柏木《かしわぎ》さんたち、少数精鋭《しょうすうせいえい》チームも、わっと動《うご》き出《だ》す。

さあ、スペシャル&《アンド》トクベツディナーに向《む》けて、準備開始《じゅんびかいし》だよ！


「――できたわ……！」

準備《じゅんび》をはじめて、かれこれ一時間《じかん》。

大統領《だいとうりょう》の部屋《へや》から、レストランまでつづく非常階段《ひじょうかいだん》ならぬ、**『海《うみ》の道《みち》』**。

そして、展望《てんぼう》レストランならぬ、**『海底《かいてい》レストラン』**。

みんなで力《ちから》を合《あ》わせて、急《きゅう》ピッチでつくりました！

だけど……。

「すばらしいです！　**支配人《しはいにん》、やりましたね！**」

門道《かどみち》さんが、手《て》をたたいてよろこぶ。

柏木《かしわぎ》さんも、目《め》をうるうるさせている。

「これもすべて、萌黄《もえぎ》さまたちのおかげです。**なんとお礼《れい》を申《もう》し上《あ》げてよいか――**」

「いえ、まだです。まだ、完成《かんせい》じゃない……」

あたしはまだ、満足《まんぞく》していない。

玄《げん》と凛《りん》をふり返《かえ》って、うったえる。

「ねえ……**この魚《さかな》たち、動《うご》かせないかな!?**」

「ぜったいムリ!」

そくざに二人《ふたり》に言《い》われた。

「そんな〜! やっぱり、海《うみ》の中《なか》にいる生《い》き物《もの》たちは、**ゆ〜がに泳《およ》いでないと!**」

ダイビングのときも、**ビューーッ**とか、**ぽわ〜ん**とか、海《うみ》の中《なか》を自由《じゆう》に泳《およ》ぐ生《い》き物《もの》を見《み》るのが、楽《たの》しかったんだから。

「もっと**リアル**な**海感《うみかん》**がほしい……!」

「なに職人《しょくにん》みたいなこと言《い》ってんだ。**生《い》きてるわけじゃねーんだから、**ムリだろ」

「申《もう》しわけありません。それはさすがに、わたくしたちでもどうすることもできません」

「……いや、**案外《あんがい》ムリじゃないかも**」

凛《りん》が、急《きゅう》に意見《いけん》を変《か》える。

「二人《ふたり》とも、去年《きょねん》の**発表会《はっぴょうかい》の劇《げき》**を覚《おぼ》えてる？」

「去年《きょねん》の劇《げき》……え、もしかして」

「お前《まえ》が**『星《ほし》の王子《おうじ》さま』**で王子役《おうじやく》をやって、観客《かんきゃく》を泣《な》かせた自慢《じまん》なら、もう聞《き》かねーぞ」

「やだなあ。自慢《じまん》じゃなくて、事実《じじつ》だよ」

「たしかに、凛《りん》の演技《えんぎ》はスゴかった……。でも、はじめは、あたしが王子役《おうじやく》だったんだからね!?」

それなのに、**「元気《げんき》が良《よ》すぎる、声《こえ》が大《おお》きすぎる、役《やく》と合《あ》わない」**って、クビにされて……。

かといって、衣装係《いしょうがかり》も道具係《どうぐがかり》も背景係《はいけいがかり》も、不器用《ぶきよう》すぎて採用《さいよう》してもらえず。

「さいごのさいごにもらったのが、ムリやりつくった**『星《ほし》の役《やく》』**……」

「さすがにガッカリしてると思《おも》ったら、**あたしは星《ほし》になりきる！**って言《い》い出《だ》して」

「ああ。それで、当日《とうじつ》に**全身《ぜんしん》キラキラの服《ふく》**を着《き》てきて、先生《せんせい》におこられてたな」

「だって、星《ほし》は**キラキラ**してるじゃん！めいっぱい、輝《かがや》こうって考《かんが》えたの」

「だからって、主役《しゅやく》の凛《りん》より目立《めだ》ってどーすんだよ」

「あのときは、びっくりしたね。でも、今回《こんかい》は、**思《おも》いっきり、キラキラ目立《めだ》って**もらわなくちゃ」

凛《りん》が、意味《いみ》ありげにウィンクする。

「今日《きょう》の主役《しゅやく》は、**くらら**だよ」

そう言《い》って、わたされたのは——。

「シーツ？」

9 トクベツな夜《よる》

「――柏木《かしわぎ》さん。準備《じゅんび》はいいですか？」

「フゥ――――……ハイ」

エドくんと大統領《だいとうりょう》がいる部屋《へや》の前《まえ》で、柏木《かしわぎ》さんは、しずかにうなずく。

「じゃあ、あたしは**スタンバイ**していますね」

あたしは、サッと廊下《ろうか》の角《かど》にかくれる。

柏木《かしわぎ》さんが、ドアをゆっくりノックする。

「大統領《だいとうりょう》、エドさま。準備《じゅんび》がととのいましたので、おむかえにあがりました」

「まっ暗《くら》なままだけど……どこに行《い》くというの？」

「もちろん、**最上階《さいじょうかい》のレストラン**です！」

柏木《かしわぎ》さんはこれまでと打《う》って変《か》わって、自信満々《じしんまんまん》に言《い》い切《き》る。

「これより、**水深《すいしん》2階《かい》**から、レストランがございます**水深《すいしん》7階《かい》**まで、ご案内《あんない》いたします」

「す、すいしん？　いったい、どういうイミ？」

「当《とう》ホテルのコンセプトは、**お客《きゃく》さまの好《す》きをつめこむこと**です。大統領《だいとうりょう》は海《うみ》がお好《す》きですよね？　なので、レストランまでの道《みち》のりも、**海《うみ》の中《なか》を歩《ある》くように楽《たの》しんでいただきたいと考《かんが》えました**」

柏木《かしわぎ》さんの説明《せつめい》を、大統領《だいとうりょう》は興味《きょうみ》しんしんに聞《き》いている。

「そこで、**トクベツな海《うみ》の道《みち》**をつくらせていただきました。案内《あんない》はわたくしと、もう一人《ひとり》――いえ、もう一匹《ぴき》……**クラゲが務《つと》めさせていただきます**」

白《しろ》いシーツをかぶった状態《じょうたい》で、あたしは角《かど》から飛《と》び出《だ》す。

「!!」

シーツの穴《あな》から、エドくんも大統領《だいとうりょう》もびっくりしているのが見《み》えた。

フフフッ！　さあお客《きゃく》さま、本日《ほんじつ》の主役《しゅやく》――**くららクラゲ、登場《とうじょう》ですっ。**

凛《りん》が言《い》ったの。「シールの生《い》き物《もの》たちは動《うご》かせないから、**動《うご》ける人《ひと》が生《い》き物《もの》になればいい**」って。

玄《げん》にシーツをクラゲみたいに切《き》ってもらって、さらに**蓄光《ちっこう》シール**を貼《は》りつけた。

深海《しんかい》に住《す》む、発光《はっこう》クラゲに大変身《だいへんしん》して、お出《で》むかえ！

くるっとターンして、かろやかに——。

「いでっ!」

シーツのすそをふんで、ころんでしまいました……。

「その声《こえ》は、くららか? なにをやってるんだ?」

エドくんがかけよってきて、小声《こごえ》で聞《き》く。

「こ、ここは深海《しんかい》だから、海《うみ》の生《い》き物《もの》が案内《あんない》するほうがよろこぶと思《おも》って……」

でも、失敗《しっぱい》しちゃったかな……?

「このクラゲは……**オワンクラゲね!!** 本《ほん》で見《み》たことがあるわ」

大統領《だいとうりょう》は手《て》を組《く》んで、**大《だい》コーフン**していた。

「オワンクラゲに、レストランまで案内《あんない》してもらえるなんて……**サイコーにユニークね!**」

オワンクラゲをねらったワケじゃないけど……よろこんでもらえてよかった!

「そうだ、**写真《しゃしん》!** 写真《しゃしん》を撮《と》りましょう!」

「えっ、えっ? わっ!」

まさか、**クラゲ姿《すがた》**で大統領《だいとうりょう》とツーショットを撮《と》ることになるとは……。

柏木《かしわぎ》さんはおかしそうに笑《わら》いながら、非常階段《ひじょうかいだん》へ通《つう》じる道《みち》を、手《て》でしめす。

「さて。それでは、まいりましょうか。**スペシャル&《アンド》トクベツなおもてなしの世界《せかい》へ**――」

「――さあ、着《つ》きました」


「え？　**もう？**」

レストラン前《まえ》に着《つ》くと、大統領《だいとうりょう》は口《くち》をとがらせた。

「非常階段《ひじょうかいだん》で行《い》くなんて、どうかしてる！　って思《おも》ったけど……**すっごく楽《たの》しかったわ。**カベや床《ゆか》に光《ひか》る魚《さかな》がいて、**とても幻想的《げんそうてき》だった**」

うっとりしたように、ほおに手《て》を当《あ》てる。

「おホメいただき光栄《こうえい》です。しかし、レストランも**幻想的《げんそうてき》**な空間《くうかん》になっております」

柏木《かしわぎ》さんと二人《ふたり》で、レストランのとびらを開《あ》ける。

「ようこそ、**海底《かいてい》レストランへ**」

「スゴい……」

「ああ、まさかココまでとは……」

大統領《だいとうりょう》だけじゃなくて、エドくんまで口《くち》をあんぐりさせている。

海感《うみかん》を強《つよ》く演出《えんしゅつ》するために、床《ゆか》やカベは青色《あおいろ》の蓄光《ちっこう》シールを多《おお》めに貼《は》りつけた。

天井《てんじょう》からは、いろんな色《いろ》の、海《うみ》の生《い》き物《もの》の形《かたち》をしたシールを、透明《とうめい》な糸《いと》でつるした。

それから——。

「海底《かいてい》には、沈《しず》んだ船《ふね》があるという話《はなし》もあります。本日《ほんじつ》は、そんな神秘的《しんぴてき》なモチーフを、レストランに取《と》り込《こ》みました」

柏木《かしわぎ》さんが、例《れい》の船《ふね》の噴水《ふんすい》を見《み》せる。

「沈《しず》んだ船《ふね》は、ボロボロです。ですがそれも、海《うみ》の底《そこ》にあれば、とても美《うつく》しく見《み》えるものです」

「たしかにそうね。というか、とてもリアルだわ。柱《はしら》は折《お》れて、帆《ほ》はやぶれて、サビまで……わざわざこのために用意《ようい》したの？」

「え、ええ。もちろんでございます。いかがでしょうか？」

「決《き》まってるわ……今《いま》までおとずれたホテルの中《なか》で、最高《さいこう》にオモシロいわ！」

大統領《だいとうりょう》が、満面《まんめん》の笑《え》みで答《こた》える。

「よろこんでいただけてなによりです。さあ、海底《かいてい》レストラン唯一《ゆいいつ》のお席《せき》へどうぞ」

レストランの真《ま》ん中《なか》にある、たった一つの丸《まる》いテーブル。

ほかのテーブルとイスは、となりの部屋《へや》にしまったの。

この広《ひろ》くてキレイな海底《かいてい》レストランに、たった一つしかないなんて、ぜったいにトクベツに感《かん》じるはずだから。

エドくんと大統領《だいとうりょう》が席《せき》につく。

それと同時《どうじ》に、玄《げん》のピアノの演奏《えんそう》が聞《き》こえてくる。

おお……！　めっちゃ雰囲気《ふんいき》ある。

さて、あたしはクラゲの役《やく》が終《お》わったし……。

船《ふね》のうしろにかくれて、様子《ようす》を見守《みまも》るとしますか！

「――って、みんないる!?」

凛《りん》、門道《かどみち》さん、清掃《せいそう》の神《かみ》チーム……ボディーガードさんまで!?

「わたくしは、大統領《だいとうりょう》の反応《はんのう》を確認《かくにん》したくて……」

「わたしは当然《とうぜん》、警護《けいご》のために」

「あたしも、様子《ようす》を見《み》たいんです！　ボディーガードさん、つめてくださいよっ」

「大統領親子《だいとうりょうおやこ》の会話《かいわ》を盗《ぬす》み聞《ぎ》きしようなんて、なんと無礼《ぶれい》な。もうスペースはない」

「ありますー〜〜！　入《い》れてくださいっ」

ムリやりみんなの間《あいだ》に入《はい》って、エドくんたちのテーブルを見《み》つめる。

ちょうど、林《はやし》さんが料理《りょうり》を運《はこ》んできていた。

「こちら、**イワシの洋風煮《ようふうに》**でございます。こちらは、**サバのマリネ**でございます」

「あれ？　フルコースの料理《りょうり》は、むずかしいって話《はなし》じゃ……」

「あれぜんぶ、**非常食《ひじょうしょく》**なんですよ」

案内《あんない》を終《お》えた柏木《かしわぎ》さんも、ひょこっと入《はい》ってくる。

「洋風煮《ようふうに》は、**イワシのカン詰《づ》めとトマトジュース。**マリネは、**サバカンと玉《たま》ねぎ。**ぜったいにありえない状況《じょうきょう》から、フルコースを完成《かんせい》させてみせます！　って、厨房《ちゅうぼう》にもどってから、**別人《べつじん》のよう**にやる気《き》に満《み》ちあふれて……なにがあったのかしら」

林《はやし》さん、ガチで**専属《せんぞく》シェフ**をねらってるな……。

「そしてこちらは、本日《ほんじつ》のメイン料理《りょうり》——**トクベ**

ツな巻《ま》き寿司《ずし》でございます」

「巻《ま》き寿司《ずし》？　そういえばあたし、まだ食《た》べたことないわ」

大統領《だいとうりょう》が、ぐんっと顔《かお》を近《ちか》づける。

「中《なか》の具材《ぐざい》で、さまざまな海《うみ》の生《い》き物《もの》を表現《ひょうげん》しました――かざり巻《ま》き寿司《ずし》でございます」

「ホントだわ！　ご飯《はん》の中《なか》に、魚《さかな》がいる。こっちは……サンゴね！　カワイイ！」

めっちゃウケてもらえてる！

「お寿司《すし》にも、いろいろ種類《しゅるい》があるのね。この巻《ま》き寿司《ずし》は食《た》べ物《もの》っていうより、芸術作品《げいじゅつさくひん》みたい」

「そうだね。よく計算《けいさん》してつくられている」

エドくんと大統領《だいとうりょう》は絶賛《ぜっさん》しながら、夕食《ゆうしょく》を楽《たの》しむ。

よしっ。ココまでめっちゃ順調《じゅんちょう》だよ。

あとは、エドくんが、大統領《だいとうりょう》をしっかり元気《げんき》づけられれば――。

「ねえ、エド。こんどいっしょに、つくってみましょうよ！」

大統領《だいとうりょう》が、はしゃぎながら提案《ていあん》する。

「いや、ムリしなくていい」

エドくんは、冷静《れいせい》に首《くび》を横《よこ》にふった。

「休暇《きゅうか》が終《お》わったら、しごとがあるだろ。いそがしくて、そんなヒマないはずだ」

「……しごと、ね」

大統領《だいとうりょう》から、笑顔《えがお》が消《き》える。

それから、気《き》が抜《ぬ》けたように、背《せ》もたれによりかかった。

しばらく、魚《さかな》が浮《う》かぶ天井《てんじょう》を、ぼーっと見《み》つめる。

「こんなこと、今《いま》言《い》うつもりなかったんだけど……**あたしはこれ以上《いじょう》、しごとをがんばれないかもしれない。やめたい……のよ**」

エドくんが無言《むごん》でびっくりしているのが、分《わ》かった。

あたしもびっくり。

そこまで、落《お》ち込《こ》んでいたなんて……。

「応援《おうえん》してくれている人《ひと》の期待《きたい》に応《こた》えたくて、成功《せいこう》させられる自信《じしん》もあった。でも、失敗《しっぱい》をして気《き》づくの。**みんなの期待《きたい》と、あたしの実力《じつりょく》には大《おお》きな差《さ》がある……**。がんばればがんばるほど、うまくいかない。あたしは、**みんなの期待《きたい》に応《こた》えられるような人間《にんげん》じゃない**のかもしれない」

大統領《だいとうりょう》でも、そんなことを思《おも》うんだ。

みんなが知《し》ってて、会《あ》えたらびっくりするスゴい大統領《だいとうりょう》でも……。

ううん、カンケーないよね。

あたしたちみんな、**『しごとをしている仲間《なかま》』**だ。

そう思《おも》ったら、かなしくなってきた……。

エドくんも、ぎゅっとくちびるを結《むす》んだまま、なにも言《い》わない。

あんな間近《まぢか》で聞《き》いていたら、**よけいにツライ**だろうな。

「どうなってる？」

いつの間《ま》にか演奏《えんそう》をやめた玄《げん》が、もどってきた。

「弾《ひ》く曲《きょく》なくなったの？」

「ちげーよ。そんな空気《くうき》じゃねーだろ」

仲《なか》よくなくても、そういう空気《くうき》は読《よ》んで、ちゃんとエンリョするんだよね。

しばらくの沈黙《ちんもく》のあと、いよいよエドくんが口《くち》をひらいた。

「……母《かあ》さん、**本当《ほんとう》にやめたい**って思《おも》ってる？」

「えっ？」

「なんで、やめたいんだ？　しごとに**失敗《しっぱい》**したから？　それが理由《りゆう》なら、**もう一回《いっかい》がんばればい**

いだけだ」

エドくんの口調《くちょう》には、力《ちから》がこもっている。

まるで、**じぶんに言《い》い聞《き》かせているみ**たいに。

「ある子《こ》が言《い》った。**がんばることは、階段《かいだん》をのぼることと同《おな》じだって**。失敗《しっぱい》しても、のぼることをあきらめなかったら、いつか成功《せいこう》する。その子《こ》はたしかに、証明《しょうめい》してくれた――**スゴく、カッコよかった**」

あ、あたしのこと？

ぐっと、むねが熱《あつ》くなる。

「**失敗《しっぱい》=ダメ**という式《しき》を、ぶっこわしてくれた。型破《かたやぶ》りで、ハチャメチャで、スゴい子《こ》だ。でもおれは、もう一人《ひとり》**スゴい**と思《おも》っている人《ひと》がいる……**母《かあ》さんだ**」

「エド……」

「ずっと、近《ちか》くで見《み》てきたから知《し》っている。期待《きたい》しているんだ。でも、がんばるのをやめられたら、期待《きたい》もなにもできない。**期待《きたい》に応《こた》えられない人間《にんげん》っていうのは、失敗《しっぱい》する人《ひと》のことじゃなくて、あきらめる人《ひと》のことだ**。だから、本当《ほんとう》に、みんなの期待《きたい》に応《こた》えたいって思《おも》うなら、**あきらめるな**」

エドくんが、大統領《だいとうりょう》をまっすぐ見《み》つめる。

大統領《だいとうりょう》は、うるんだ目元《めもと》をぬぐった。

「ゴメンなさい、あたし……。あたし、本当《ほんとう》は……まだやめたくないの。ほかにも、やりたいことがたくさんあるの」

「うん、分《わ》かってる」

「心《こころ》は、がんばりたいって思《おも》ってる。まだ、がんばってもいいのね……？　失敗《しっぱい》しても？」

エドくんは、大《おお》きくうなずく。

「ああ。もちろん。つぎはきっと、成功《せいこう》するよ。ぜったい、大丈夫《だいじょうぶ》だ」

二人《ふたり》は立《た》ち上《あ》がって、おたがいをはげますようにハグする。

「う、うう……」

二人《ふたり》のやりとりを見《み》ていて、自然《しぜん》となみだが出《で》てきた。

「くらら、なんで泣《な》いてるの？」

「エドくんの気持《きも》ちが伝《つた》わって、よかったって思《おも》って……ぐすっ」

「出会《であ》って半日《はんにち》で、なんでそんな感情移入《かんじょういにゅう》できるんだよ？」

「分《わ》かんないけど～。うう、同《おな》じ社長《しゃちょう》だからかな？　おたがい、いっぱい話《はなし》も打《う》ち明《あ》けたし」

「……そうかよ」

「ぼくらは、社長《しゃちょう》じゃないしね……」

なぜか、二人《ふたり》の声《こえ》が暗《くら》くなる。

あたしは、鼻《はな》をすって、一番《いちばん》だいじなことを伝《つた》える。

「でもね。やっぱり、**あたしには、玄《げん》と凜《りん》がいなくちゃ**」

「「えっ？」」

「二人《ふたり》がいなかったら、このしごとだって成功《せいこう》しなかったし……今《いま》までのしごとだって、そう。

玄《げん》と凜《りん》はトクベツだよ。代《か》わりなんていないって、バラバラになって、よく分《わ》かった」

ふり返《かえ》って、笑《わら》う。

二人《ふたり》は、じっとあたしを見《み》つめる。

わかってる。なにも言《い》わなくても、通《つう》じ合《あ》ってるって。

あたしたち三人《にん》は、**サイコーのなか**――。

「おい、**顔《かお》ぐしょぐしょ**だぞ」

「鼻《はな》くらい、かんだ方《ほう》がいいよ」

通《つう》じ合《あ》ってなかった！

「今《いま》、そんなダメ出《だ》しするシーンじゃないよね!?　もっと感動的《かんどうてき》にならなきゃ！」

「その顔《かお》で言《い》われても、説得力《せっとくりょく》ねーわ。凛《りん》の言《い》うとおり、**さっさとかめ**」

「はあー？　**言《い》われなくても、かみます！**」

ティッシュをとろうと、ポケットをさぐる。

そのとき、シーツのすそをふんで体《からだ》が前《まえ》にたおれて――。

バタバタバタッ！

せまい中《なか》で、ドミノたおしが起《お》こる。

「お前《まえ》、なにやってんだよ！」

「二人《ふたり》が、鼻《はな》かめって言《い》ったんじゃん！」

「おれたちのせいかよ！」

「みなさん、おケガはありませんか――」

「**支配人《しはいにん》！**」

大統領《だいとうりょう》のするどい声《こえ》が飛《と》んできて、あたしたちは全員《ぜんいん》すぐに立《た》ち上《あ》がる。

エドくんも、ポカーンとした顔《かお》でこっちを見《み》ている。
マ、マズい！　盗《ぬす》み聞《ぎ》きしていたことがバレて――。

「これはいったい、どういうことなの!?」

ツカツカッと、こっちに向《む》かってくる。

柏木《かしわぎ》さんが、あわてて頭《あたま》を下《さ》げる。

「申《もう》しわけありません！　たいへん失礼《しつれい》なマネを――」

「なんてすばらしいアイデアを思《おも》いつくの？」

……ん？　おこってない？

「本当《ほんとう》に癒《い》やされたわ。もし今日《きょう》のディナーが、ほかのホテルのようなただお金《かね》をかけた格式《かくしき》ばったものだったら、あたしもカッコつけて、悩《なや》みをためこんだままだったでしょう。このホテルは、本当《ほんとう》の意味《いみ》での休暇《きゅうか》をくれた……感謝《かんしゃ》するわ」

「そんな……。このアイデアを考《かんが》えてくださったのは、わたくしではなく、彼女《かのじょ》たちです」

柏木《かしわぎ》さんが、あたしたち三人《にん》を紹介《しょうかい》する。

「あなたは、あのときの……。そうだわ、オブザーバーだって言《い》ってたものね」

「え？　あ、ハイ！　あの、**このホテルはつぶされたりしませんよね!?**」

とってもだいじなこと、確認《かくにん》しておかなくちゃ。

「つぶれる？　とんでもない！」

大統領《だいとうりょう》は、手《て》をぶんぶんと横《よこ》にふる。

「知人《ちじん》や友人《ゆうじん》にオススメしたいから、なくなってもらったらこまるわ」

柏木《かしわぎ》さんの方《ほう》を向《む》くと、うれし泣《な》きをしている。

あたしもホッとしていると、とつぜん、大統領《だいとうりょう》が目《め》の前《まえ》でしゃがみこんだ。

「あなたよね。エドに、がんばる意味《いみ》を教《おし》えてくれたのは……。あたしにも、失敗《しっぱい》を成功《せいこう》にするヒケツを教《おし》えてもらえないかしら」

「ええ!?」

大統領《だいとうりょう》に、あたしが教《おし》える!?

「あたしね、あるしごと——ゴミ問題《もんだい》を解決《かいけつ》するためのしごとに、失敗《しっぱい》したの」

「ゴミ問題《もんだい》……?」

「国《くに》の環境《かんきょう》を、日本《にほん》と同《おな》じくらいキレイにしたいの。ポイ捨《す》てをへらしたり、分別《ぶんべつ》をちゃんとしてリサイクルできるようにしたりしてね。そのために、海《うみ》や街《まち》に置《お》いてあるゴミ箱《ばこ》の数《かず》を倍以上《ばいいじょう》に増《ふ》やしたわ。それから、分別《ぶんべつ》についてのトクベツな教科書《きょうかしょ》をつくって、学校《がっこう》や会社《かいしゃ》で授業《じゅぎょう》の時間《じかん》を設《もう》けたりした。だけど、結果《けっか》はムダに終《お》わってしまった。みんなからは、そんなことより、もっとべつのことに力《ちから》を入《い》れろって言《い》われるし……」

大統領《だいとうりょう》はうでを組《く》みながら、ため息《いき》をつく。

「でも、**あたしはあきらめたくない。**あなただったら、**どうやって再《さい》チャレンジする？**　どうして失敗《しっぱい》したと思《おも》う？」

大統領《だいとうりょう》からの、すごーく、すごーく、まじめな相談《そうだん》。

ココは、ビシッと答《こた》えないと……！

「わ、分《わ》かりました！　お答《こた》えしましょう。それはですね——」

……**問題《もんだい》がむずかしすぎて、答《こた》えが浮《う》かびません！**

考《かんが》えるだけで、頭《あたま》がイタいよ〜。

あたしの頭《あたま》は、**楽《たの》しいこと**を考《かんが》えることが専門《せんもん》だから……。

楽《たの》しい、こと……？　あっ、**もしかして——**。

バチンッ！

えっ!?

頭《あたま》の中《なか》でひらめいた！　と思《おも》ったら、本当《ほんとう》にレストランに**明《あ》かりがついた。**

全員《ぜんいん》が、天井《てんじょう》を見《み》ておどろく。

「大統領《だいとうりょう》〜〜〜!!」

ねこなで声《ごえ》で、だれかがドカドカ入《はい》ってきた。

こ、この人《ひと》は……。

「千堂《せんどう》オーナー！」

柏木《かしわぎ》さんが、名前《なまえ》を呼《よ》ぶ。

でもオーナーは目《め》もくれないで、大統領《だいとうりょう》にまっすぐ向《む》かっていく。

「ただいま、**電気《でんき》が復旧《ふっきゅう》いたしました**ので、ご安心《あんしん》ください！」

「復旧《ふっきゅう》？」

笑顔《えがお》だった大統領《だいとうりょう》が、まゆをひそめる。

「暗《くら》やみは、トクベツディナーの演出《えんしゅつ》ではなかったの？」

「演出《えんしゅつ》？　とんでもない！　**停電《ていでん》によるトラブル**で、ごメイワクをおかけしました！」

その一言《ひとこと》で、にぎわっていたレストランに、気《き》まずい空気《くうき》が広《ひろ》がる。

な、な、なんてネタバラシを〜〜〜！

10 これからも……。

「なんてことをしてくれたんだ！」

翌日《よくじつ》の朝《あさ》。

ホテルのスタッフルームには、千堂《せんどう》オーナーのどなり声《ごえ》がひびいていた。

オーナーはイスにすわりながら、柏木《かしわぎ》さんたちを責《せ》めつづけている。

その様子《ようす》を、ドアのすき間《ま》から見《み》つめるあたし、玄《げん》、凛《りん》。

昨日《きのう》の夜《よる》は、オーナーが来《き》てから空気《くうき》がサァーって冷《さ》めちゃって。

柏木《かしわぎ》さんはすごくおびえていたし、気《き》になって仕方《しかた》がなかった。

「なにもするなと言《い》ったのに、あんな安《やす》っぽいおもてなしをして……。きみは、どれだけホテルの評判《ひょうばん》を傷《きず》つければ、気《き》が済《す》むんだ!?」

「申《もう》しわけありません。ですが、大統領《だいとうりょう》にはよろこんでいただけて……」

「どこがだ？　わたしがおわびに用意《ようい》して持《も》ってきた超高級《ちょうこうきゅう》な食材《しょくざい》も名産品《めいさんひん》も、まったく受《う》けとらなかったじゃないか。あれは、**おいかりになっている証拠《しょうこ》だ**」

足《あし》を組《く》んで、うでも組《く》んで、ふんぞり返《かえ》って……。

「なんであんな、**エラそうなの？**　あたし、ちょっと行《い》ってくる」

「おい、はやまるな」

「ぼくらは、今《いま》はもう客《きゃく》なんだよ？　あまり首《くび》を突《つ》っ込《こ》むのは……」

「分《わ》かってる。だけど、**だまって見《み》ていられないの**」

二人《ふたり》が止《と》めるのもきかず、部屋《へや》に飛《と》び込《こ》む。

「ちょっといいですか!?」

ぜんいん、ふり返《かえ》ってぎょっとする。

「も、萌黄《もえぎ》さま！　なぜココに？」

「一つ言《い》わせてください、オーナーさんに！」

「またきみか！　いったい、なんだ――」

「オーナーさんって、**なにもしてないですよね？**」

「……は？　なにもって……」

「柏木《かしわぎ》さんたちは昨日《きのう》、あのまっ暗《くら》な中《なか》、**めっちゃがんばりました。**どうして、そこにもいない、なにも見《み》ていない人《ひと》に、おこられなくちゃいけないんですか？」

「ふん！　それは、**わたしがエラいからに決《き》まっているだろ**」

千堂《せんどう》オーナーは、当然《とうぜん》のように答《こた》える。

プッツン。あたしの頭《あたま》の中《なか》で、なにかが切《き》れた音《おと》がした。

「エラい人《ひと》は、ただエラそうにするためにいるんじゃない‼」

がまんできず、大声《おおごえ》で言《い》い返《かえ》す。

あたし、**こんなにおこったの初《はじ》めて**かもしれない。

さすがの玄《げん》と凛《りん》も、びっくりしている。

でもね、これは、ちゃんと**まちがってる**って言《い》っておかないと。

本当《ほんとう》にがんばっているエラい人《ひと》たちが、ゴカイされちゃうから。

エドくんや大統領《だいとうりょう》、柏木《かしわぎ》さんは、エラい立場《たちば》にいても、大切《たいせつ》な人《ひと》や守《まも》りたいもの、じぶんのしごとのことを**シンケンに考《かん》えて、なやんでいる。**

このオーナーさんと、いっしょにされたくないんだ。

「**本当《ほんとう》にエラい人《ひと》は、だれよりも、いっぱいなやむんです。**だって、だれよりもたくさんの人《ひと》を守《まも》ったり、助《たす》けたりしなくちゃいけないから。みんなの先頭《せんとう》に立《た》って、引《ひ》っ張《ぱ》っていくために、考《かんが》えなくちゃいけないことが、たくさんあるから。**あなたみたいに、だれかのせいにしないから**」

「そ、それではまるで、わたしが無責任《むせきにん》みたいな――」

「そう言《い》ってるんです！　だって昨日《きのう》、しごとをしたのは柏木《かしわぎ》さんたちです！　このホテルを支《ささ》えているのは、あなたじゃなくて、スタッフさんたちです！　エラそうな**フリだけしている人《ひと》は、エラい立場《たちば》にいる資格《しかく》なんてない！**」

「なんてことを言《い》うんだ、この子《こ》は!!」

さすがに、オーナーさんも立《た》ち上《あ》がって反論《はんろん》する。

「少《すこ》しテレビに出《で》たくらいで、調子《ちょうし》にのって！　**これだから、子《こ》どもは――**」

「やめてください。それ以上《いじょう》は、言《い》わないください」

柏木《かしわぎ》さんが、しずかに口をひらく。

「なんだって？　わたしに、今《いま》なんと――」

「わたくしのお客《きゃく》さまに、これ以上失礼《いじょうしつれい》なことを言《い》わないでくださいと言《い》っているのです！」

こんどは、千堂《せんどう》オーナーに向《む》かって、堂々《どうどう》と言《い》い返《かえ》す。

「萌黄《もえぎ》さまたちは休暇《きゅうか》にもかかわらず、トラブル解消《かいしょう》のために力《ちから》を尽《つ》くしてくださいました。感《かん》謝《しゃ》されることはあっても、責《せ》められることは決《けっ》してありません！」

柏木《かしわぎ》さん……。

「なっ……。なんだ、**その口《くち》の利《き》き方《かた》は!?**　きみは、**わたしよりエラいつもりか!?**」

「いいえ。そんなことは少《すこ》しも思《おも》っておりません。ただ、オーナーのおっしゃっていることが、**正《ただ》しいと思《おも》えなかった**ので、言《い》い返《かえ》させていただきました」

千堂《せんどう》オーナーは、くやしそうに歯《は》ぎしりをする。

「……そうか。だったら、**きみはクビだ！**」

え！

「今回《こんかい》のことは**すべてきみの責任《せきにん》**ということで、おエラい方々《かたがた》に報告《ほうこく》しておくからな！」

「そ、それは、ヒキョーです！　柏木《かしわぎ》さんがクビになる理由《りゆう》なんて、ないですもん！」

「**わたしに逆《さか》らった！**　それがクビの理由《りゆう》だ――」

「まて。勝手《かって》に話《はなし》を、すすめるな」

このしゃべり方《かた》は……。

ふり返《かえ》ると、エドくん——と、なんと**大統領《だいとうりょう》**までいっしょにいた。

二人《ふたり》とも、けわしい顔《かお》をしている。

「オーナーは、カンちがいしているのね。あたしたちは、昨晩《さくばん》のおもてなしに、とても感心《かんしん》しま**した**」

「えっ？　ですが、わたくしからの贈《おく》り物《もの》はいらないと……」

「あれは**買収《ばいしゅう》の品《しな》**でしょ？　そんな失礼《しつれい》なもの、あたしは**一切《いっさい》受《う》けとるつもりはありません！**」

大統領《だいとうりょう》のいかりがこもった口調《くちょう》に、オーナーがたじろぐ。

「け、決《けっ》してそんなつもりは……」

「心配《しんぱい》することはありませんよ？　あたしたちはカポノ・リゾートが気《き》に入《い》りましたし、また来《き》たいと思《おも》いました。ただし、**柏木支配人《かしわぎしはいにん》たち、今回対応《こんかいたいおう》してくださったスタッフがいるなら**、です」

「し、しかし彼《かれ》らは——」

「話《はなし》は以上《いじょう》！　帰《かえ》る前《まえ》に、もう一度《いちど》、支配人《しはいにん》たちにお礼《れい》を言《い》いたいの。あなたは、今《いま》すぐ出《で》ていって、**じぶんの態度《たいど》を反省《はんせい》しなさい！**」

「ハ、ハイ！」

千堂《せんどう》オーナーは、青《あお》ざめた顔《かお》で、あわてて部屋《へや》を出《で》ていく。

反対《はんたい》に、大統領《だいとうりょう》はスッキリした笑顔《えがお》で、柏木《かしわぎ》さんたちをふり返《かえ》る。

「さてと！　**昨晩《さくばん》は、本当《ほんとう》にステキなおもてなしをありがとう**」

「い、いえ！　こちらこそ、助《たす》けていただいて……」

「どこの国《くに》にいたとしても、**優秀《ゆうしゅう》な人材《じんざい》を守《まも》るのは、上《うえ》に立《た》つ者《もの》として当然《とうぜん》のしごとよ**」

大統領《だいとうりょう》は、あたりまえのように、さらっと言《い》う。

「**カ、カッコいい〜！**」

「あなたもカッコよかったわよ」

大統領《だいとうりょう》が、あたしに向《む》かってほほ笑《え》む。

その顔《かお》を見《み》て、だいじなことを思《おも》い出《だ》す。

「そうだ。昨日《きのう》、相談《そうだん》されたコトなんですけど……**どうぞ！**」

ポケットから、一枚《まい》の紙《かみ》をとり出《だ》して、わたす。

「コレは？　**とても上手《じょうず》な絵《え》**が、描《か》いてあるけれど……」

「昨日《きのう》の質問《しつもん》の答《こた》え——あたしたちの、**再《さい》チャレンジのアイデアです！**」

ディナーのあと、玄《げん》と凜《りん》と三人《にん》で、頭《あたま》をくっつけて考《かんが》えたんだ。

あたしがアイデアを出《だ》す。

凛《りん》がもっと、具体的《ぐたいてき》に、分《わ》かりやすくする。

そして玄《げん》が、みんなに伝《つた》わるようなデザイン画《が》を描《か》く。

「答《こた》えが出《で》ました。おしごとに失敗《しっぱい》したのは、大統領《だいとうりょう》のアイデアが楽《たの》しくないからです！」

「た、楽《たの》しくない？」

「もっと楽《たの》しい方法《ほうほう》だったら、みんなよろこんでやりますよ！　たとえば、ゴミ箱《ばこ》の数《かず》を増《ふ》やすんじゃなくて、形《かたち》を変《か》えるんです。海《うみ》の生《い》き物《もの》——イルカの形《かたち》にして、ゴミを入《い》れたら笑顔《えがお》になる仕掛《しか》けをするとか。ゴミをこの中《なか》に捨《す》てたら楽《たの》しい！　って思《おも》えるような、ゴミ箱《ばこ》にするんです」

玄《げん》の絵《え》を指《ゆび》さしながら、説明《せつめい》する。

「分別《ぶんべつ》も、勉強《べんきょう》するなら、もっと楽《たの》しく！　教科書《きょうかしょ》じゃなくて、おかしをつくりましょう！」

「お、おかし？」

「ハイ！　いろんなゴミの形《かたち》をした、おかしはどうですか？　ペットボトル形《がた》のクッキーとか、空《あ》きカン形《がた》のアメとか。それで、パッケージもゴミ箱《ばこ》の形《かたち》にするんです！　燃《も》えるゴミ箱《ばこ》のパッケージには、燃《も》えるゴミの形《かたち》のおかし。プラスチックゴミ箱《ばこ》のパッケージには、プラスチックゴミの形《かたち》のおかしが入《はい》っている……名《な》づけて、**ゴミ箱《ばこ》おかしです！**」

三人《にん》で考《かんが》えたアイデアを、次々《つぎつぎ》に話《はな》す。

「みんなに、おいしいおかしを食《た》べてもらいながら、いっしょにがんばってもらうんです。あたしが大統領《だいとうりょう》だったら、そうします。だって、楽《たの》しくないですか？　**楽《たの》しいはサイキョーなんです！**」

フフ！　大統領《だいとうりょう》も、きっとよろこぶアイデア――。

「……って、**あれ!?**」

なぜか、大統領《だいとうりょう》はうつむいて、肩《かた》をふるわせている。

泣《な》いてる？　え、**まさかおこってる!?**

もしかして、気《き》に入《い》らなかった……。

「あなたたち、本当《ほんとう》にすばらしい

わ！」

顔《かお》を上《あ》げた大統領《だいとうりょう》は、目《め》をキラキラさせていた。

「そんな発想《はっそう》、あたしにはなかった……。あなたたちのアイデアを、もっと聞《き》きたいわ！」

よ、よかったあああ～～～！

「ですが大統領《だいとうりょう》、そろそろ飛行機《ひこうき》のお時間《じかん》が……」

「もうそんな時間《じかん》なの？　どうしましょう」

「それなら、**正式《せいしき》にしごとを依頼《いらい》する**のはどうだ？」

エドくんが、さらりと提案《ていあん》する。

大統領《だいとうりょう》はすぐにうなずいた。

「それはいいわね！　決《き》めたわ……ペーパー・エア・プレイン社《しゃ》のみなさん、おしごとを依頼《いらい》する**るわ。**あたしたちの国《くに》に来《き》て、あなたたちのアイデアで、失敗《しっぱい》を成功《せいこう》に変《か》えてもらえないかしら？」

大統領《だいとうりょう》からのおしごとの、依頼《いらい》!?

めちゃくちゃスゴい……**ぜったい、やってみたい！**

「でも――」

玄《げん》と凜《りん》を、交互《こうご》に見《み》る。

あたしたちは、三人《にん》でペーパー・エア・プレイン社《しゃ》だ。

二人《ふたり》の意見《いけん》を聞《き》かないと……。

「もう、わざわざ聞《き》くな。お前《まえ》の答《こた》えは決《き》まってるし、おれたちは反対《はんたい》しない」

「ぼくらの社長《しゃちょう》だしね。**信《しん》じてついていくだけだよ**」

二人《ふたり》は、トーゼンみたいに、そう言《い》ってくれた。

だからあたしは、自信満々《じしんまんまん》に、大統領《だいとうりょう》に答《こた》える。

「そのおしごと、引《ひ》き受《う》けました——**ぜったいに、成功《せいこう》させます！**」

「よかった！　じゃあ、また連絡《れんらく》するわ」

「くらら。向《む》こうで、また会《あ》えるのを待《ま》ってる」

大統領《だいとうりょう》とエドくんが、ホテルを出《で》ていく。

はわわわわっ、**トンデモナイことになってきたよ〜〜〜！**

「ぼーっとしている場合《ばあい》じゃない……玄《げん》、凜《りん》！　あたしたちも帰《かえ》るよ！」

「は？　なんだよ急《きゅう》に」

「まだ休暇中《きゅうかちゅう》なんだけど」

「休暇《きゅうか》は終《お》わり！　まだほかにも、引《ひ》き受《う》けてないしごとが、たくさんあるでしょ？　それ、**ぜ～んぶ成功《せいこう》させなくちゃ！**」

「**ぜんぶ!?**」

二人《ふたり》とも、めっちゃ目《め》を丸《まる》くしておどろく。

あたしは、ニヤリと笑《わら》う。

「大統領《だいとうりょう》のおしごとに行《い》くんだよ？　あたしたち、さらに、**ハイパースゴい小学生《しょうがくせい》たち**になってなくちゃ！　だから、行《い》こう！」

二人《ふたり》の手《て》をとって、走《はし》り出《だ》す。

あたしたちの会社《かいしゃ》の名前《なまえ》は、**ペーパー・エア・プレイン社《しゃ》**。

意味《いみ》は、**紙《かみ》ひこうき**。

これからも、とびきりのアイデアを出《だ》しまくって、飛《と》びつづけるよ。

さあ、みんな。セカイをおどろかせる準備《じゅんび》は、オーケー？

三、二、一──。

11　それからのあたしたち

「――さあ。それでは、中学生《ちゅうがくせい》でありながら、現役《げんえき》の社長《しゃちょう》でもある**萌黄《もえぎ》**　くららさんに、お話《はなし》をお聞《き》きしましょう！　どうぞ！」

司会者《しかいしゃ》に呼《よ》ばれて、生放送《なまほうそう》のスタジオのセットに入《はい》る。

有名芸能人《ゆうめいげいのうじん》や、いろんな分野《ぶんや》のオオモノがゲストの、トーク番組《ばんぐみ》――**《スゴいジャパン！》**。

あたくし萌黄《もえぎ》　くらら、ついに、**ホンモノのオオモノ**として呼《よ》ばれちゃいました！

観客《かんきゃく》の拍手《はくしゅ》に照《て》れながら、席《せき》につく。

「萌黄《もえぎ》さんは、アイデアを売《う》る会社《かいしゃ》の社長《しゃちょう》なんですよね」

「ハ、ハイ！」

「今《いま》まで、いろんなアイデアで、**ヒット商品《しょうひん》を出《だ》したり**、**廃業寸前《はいぎょうすんぜん》の遊園地《ゆうえんち》を救《すく》ったり**していますが……まずは、小中高生《しょうちゅうこうせい》、また大人《おとな》たちも夢中《むちゅう》にさせている、あたらしい文房具《ぶんぼうぐ》――**『欠《か》けちゃってる!?　文房具《ぶんぼうぐ》シリーズ』**の魅力《みりょく》について、教《おし》えてください。人気《にんき》の文具屋《ぶんぐや》さんに、協力《きょうりょく》してもらって、つくられたんですよね？」

「そうです。**ハマちゃ……**ハマチ文具屋《ぶんぐや》さんに、手伝《てつだ》ってもらいました。魅力《みりょく》はいっぱいあるんですけど。まずは、**いろんなおもしろい形《かたち》をしている**ってコトです」

司会者《しかいしゃ》が、じっさいに、**『欠《か》けちゃってる!?　文房具《ぶんぼうぐ》シリーズ』**の、消《け》しゴムをとりだす。

「たしかにこのように、三角《さんかく》になっていたり、ギザギザしていたり、おもしろい形《かたち》をしていますよね」

「ハイ。でも、一番《いちばん》のおもしろさはほかにあります。ちゃんと、**ペアの消《け》しゴム**もあるってコトです！　じぶんが持《も》ってる消《け》しゴムと、**ピタッとはまる**消《け》しゴムを持《も》っている人《ひと》が、どこかにいる——いえ、消《け》しゴムだけじゃなくて、どの文房具《ぶんぼうぐ》もです。**文房具《ぶんぼうぐ》で、キセキの出会《であ》い体験《たいけん》**ができるんです！　**考《かん》えるだけで、わくわくしませんか!?**」

「え、ええ。そうですね」

司会者《しかいしゃ》さんが、あたしの勢《いきお》いに目《め》をパチクリさせる。

それから、ちらっとカンペを見《み》た。

「それではつぎに、この商品《しょうひん》を生《う》み出《だ》した**きっかけ**を教《おし》えてください」

「きっかけ……さいしょはなんとなく、**友《とも》だちがつくったアプリゲーム**にあこがれたんです」

「アプリゲーム？」

「『ハーフ・イートン・パズル』です」

「ああ、食《た》べかけパズルですね。アプリゲームがきっかけとは、意外《いがい》ですね」

「食《た》べものだけじゃなくて、ほかの身近《みぢか》なものが欠《か》けてても、おもしろいかも？　って、なんとなく思《おも》ってて……そのあと、**大事件《だいじけん》**が起《お》こったんです」

「大事件《だいじけん》!?　それは初耳《はつみみ》ですが……いったい、なにがあったんでしょうか？」

司会者《しかいしゃ》が、シリアスな顔《かお》でたずねてくる。

スタジオ内《ない》にも、緊張《きんちょう》が走《はし》る。

あたしは、ゴクリとつばを飲《の》みこんだ。

「じつは……じつは……**社員《しゃいん》たちが、べつの学校《がっこう》に行《い》っちゃったんです！**」

シ―――ッン。

衝撃《しょうげき》の告白《こくはく》に、スタジオの中《なか》はしずまり返《かえ》る。

「えっと……もう少《すこ》し、具体的《ぐたいてき》にいいでしょうか？」

「ペーパー・エア・プレイン社《しゃ》は、三人《にん》で一つの会社《かいしゃ》なんです！　それなのに、社員《しゃいん》の二人《ふたり》が、小学校《しょうがっこう》を卒業《そつぎょう》すると同時《どうじ》に、べつべつの学校《がっこう》に行《い》っちゃって……」

忘《わす》れもしない、あれは卒業式《そつぎょうしき》の一週間前《しゅうかんまえ》。

玄《げん》と凜《りん》に話《はなし》があるって、呼《よ》び出《だ》されたの……。


「——くらら。先《さき》に言《い》っておく。**卒業《そつぎょう》したら、おれたちは、べつの学校《がっこう》に行《い》く**」


玄《げん》は、いつになく深刻《しんこく》そうな顔《かお》で言《い》った。

凜《りん》も、こわばった表情《ひょうじょう》をしている。

そしてあたしは——、

「えっ、あたりまえじゃん。なに言《い》ってるの?」

首《くび》をかしげた。

二人《ふたり》の目《め》が、点《てん》になる。

「えっと……。くららは、こうなるって知《し》ってたの?」

凜《りん》が、フシギそうな顔《かお》で聞《き》いてくる。

「知《し》ってるもなにも……あたしたち卒業《そつぎょう》したら、**中学校**《ちゅうがっこう》に行《い》くんだよ？　小学校《しょうがっこう》じゃないんだよ？　べつの学校《がっこう》に行《い》くのは、あたりまえでしょ？」

「……」

二人《ふたり》は石《いし》みたいにかたまって、だまりこむ。

どうしちゃったんだろう？

ハハーンッ。

さては、卒業式《そつぎょうしき》が近《ちか》くなって緊張《きんちょう》して——。

「おい、くらら……お前《まえ》はやっぱり、**バカ中**《ちゅう》**のバカ**だな！」

とつぜん、玄《げん》に、めっちゃどなられた。

「会社《かいしゃ》をたち上《あ》げて一年経《ねんた》っても、なんにも変《か》わらねえ！　お前《まえ》もう一回《かい》、**一年生**《ねんせい》**からやり直**《なお》**せ！**」

「ヤダよ！　ていうか、なんでとつぜんの悪口《わるくち》!?」

「悪口《わるくち》じゃなくて、事実《じじつ》だろ！　お前《まえ》は卒業《そつぎょう》すんな！」

「するよ！　**ぜったい、卒業**《そつぎょう》**するもん！**」

「もういいよ、ストップ」

凛《りん》が、あたしたちの間《あいだ》に入《はい》る。

「あのね、くらら。べつの学校《がっこう》に行《い》くっていうのは、ぼくら三人《にん》は、べつべつの学校《がっこう》に行《い》くって
イミなんだ」

「えっ？」

べつべつの学校《がっこう》……？

「いっしょに、通《かよ》わないってこと？」

「そう」

凛《りん》が答《こた》えて、玄《げん》もうなずく。

なにかの冗談《じょうだん》かと思《おも》った。

でも二人《ふたり》とも、シンケンな顔《かお》をしている。

「なんで？　なんでそうなるの？」

イミが分《わ》からなくて、ひたすら二人《ふたり》にたずねる。

「なんでいっしょに通《かよ》わないの？　引《ひ》っ越《こ》しとか？　まさか、**二人《ふたり》は卒業《そつぎょう》できないとか!?**」

「そんなわけねーだろ」

「なんて説明《せつめい》したらいいかな……。ねえ。くららは、**これからも会社《かいしゃ》をつづけていきたい？**」

「もちろん」

「スゴい社長《しゃちょう》になるって夢《ゆめ》は、変《か》わらない？　まだ叶《かな》えたいって思《おも》ってる？」

「うん」

「ぼくらも、同《おな》じだよ」

凛《りん》がニッコリ笑《わら》う。

「やりたいことがあって、**叶《かな》えたい夢《ゆめ》がある。**そのために、べつべつの学校《がっこう》に行《い》くんだ。ぼくは**中学受験《ちゅうがくじゅけん》して、合格《ごうかく》したんだ**」

「おれは、**スポーツの強《つよ》い学校《がっこう》から推薦《すいせん》をもらった。**もっと、野球《やきゅう》が上手《うま》くなりたくて」

二人《ふたり》はそれぞれ、行《い》こうとしている中学校《ちゅうがっこう》のパンフレットを見《み》せる。

「玄《げん》と凛《りん》は、会社以外《かいしゃいがい》で、じぶんのやりたいことをするために、べつの学校《がっこう》に行《い》くってコト？」

二人《ふたり》は、しっかりとうなずいた。

「か、会社《かいしゃ》はどうするの？　あたし、一人《ひとり》になっちゃうよ」

「だれがやめるって言《い》った」

ベシッ！

玄《げん》にデコピンをされた。

「勝手《かって》にクビにするんじゃねえ」

「今《いま》のぼくらなら、スマホでなんでもできちゃうから。たとえいっしょの学校《がっこう》にいなくても、しごとはいくらでもできるよ」

「そうかもだけど……」

分《わ》かってる。

会社《かいしゃ》をつづけられることも、二度《にど》とおしゃべりできなくなるわけじゃないことも。

二人《ふたり》には、ちゃんとした目標《もくひょう》があって、それを追《お》いかけなきゃいけないことも。

頭《あたま》の中《なか》では、ぜんぶ分《わ》かってる。

だけど、あたしの心《こころ》が、素直《すなお》に「うん」ってうなずけないの。

今《いま》までずっと、いっしょにいたから……。

うつむくと、じわじわなみだが、こみあげてくる。

頭《あたま》の上《うえ》で、玄《げん》の大《おお》きなため息《いき》が聞《き》こえた。

「お前《まえ》がこうなるって分《わ》かってたから、言《い》うのがイヤだったんだよ」

「もう言《い》っちゃったじゃん」

「ああ、そうだな。でもまだ、だいじなことを言《い》ってねえ……おれは、くららと凛《りん》を信《しん》じてるか

ら、べつの学校《がっこう》に行《い》くんだ」

「……どういうこと?」

「さいしょから、バラバラになることを不安《ふあん》に思《おも》うんだったら、べつの道《みち》なんてえらばねーよ。でもおれたちの関係《かんけい》は、**道《みち》がちがっても、変《か》わらない**って信《しん》じられるから、安心《あんしん》してすすめるんだ。**おれは、お前《まえ》を信《しん》じる。だから、お前《まえ》も、おれを信《しん》じろ**」

「……」

「ぼく、夏祭《なつまつ》りのときに言《い》ったよね。ぼくら三人《にん》が出会《であ》ったのは**運命《うんめい》**で、これからなにが起《お》こっても大丈夫《だいじょうぶ》だって……ぼくは理由《りゆう》がないことは好《す》きじゃない。だけど、**ぼくら三人《にん》については、理由《りゆう》なんていらない。**なんどでも、自信《じしん》を持《も》って言《い》うよ。**きっと、大丈夫《だいじょうぶ》だ**」

凛《りん》も、力強《ちからづよ》く言《い》う。

バラバラになるのは、悪《わる》いことじゃないんだ。

さみしいけれど、かなしいけれど、落《お》ちつかないけれど。

ぐっと両手《りょうて》に力《ちから》をこめて、こぶしをつくる。

二人《ふたり》は今《いま》まで、あたしがやりたいことに、めっちゃ協力《きょうりょく》してくれた。

助《たす》けてくれた、支《ささ》えてくれた、はげましてくれた。

こんどは、あたしが二人《ふたり》を応援《おうえん》する番《ばん》。

ちょー優秀《ゆうしゅう》で、ぜったいにスゴいおとなになれる、親友二人《しんゆうふたり》の。

玄《げん》と凛《りん》が夢《ゆめ》を叶《かな》えられるよう、あたしもがんばる——**サイコーにわくわくするしごと**だよ。

そう考《かんが》えたら、下《した》を向《む》いているヒマなんてないよね……？

「分《わ》かった」

顔《かお》を上《あ》げて、なみだをぬぐう。

「あたし、二人《ふたり》を信《しん》じる。いや、今《いま》までも信《しん》じてたけど……**もっともっと信《しん》じる！**」

玄《げん》と凛《りん》は、ホッとしたように表情《ひょうじょう》をゆるめた。

あたしはすかさず、ビシッと二人《ふたり》の顔《かお》を指《さ》した。

「気《き》をゆるめない！　ぜったい、**ちゃんと叶《かな》えてよ？**　あたし、勝手《かって》にどんどんスゴい社長《しゃちょう》になっちゃうからね！　待《ま》ったりしないからね！」

「**全力《ぜんりょく》**で追《お》いかけるよ」

「そのうち、**追《お》い越《こ》してやるわ**」

そう約束《やくそく》し合《あ》って、あたしたち三人《にん》は卒業《そつぎょう》した。

学校《がっこう》と、それぞれの親友《しんゆう》たちから……。

「——そんなこんなで、うちの会社《かいしゃ》のメンバーが欠《か》けちゃって……いえ、ちゃんといるんですけど。あたしの中《なか》ではいないも同然《どうぜん》で……うぅ」

カメラが回《まわ》っているのに、つい思《おも》い出《だ》して泣《な》いてしまう。

「一週間前《しゅうかんまえ》って、なに？　せめて、一年前《ねんまえ》に言《い》ってほしかったよ〜。そもそも相談《そうだん》は？　あたし、社長《しゃちょう》なのに。**報告《ほうこく》・連絡《れんらく》・相談《そうだん》のホウレンソウ**は、キホン中《ちゅう》のキホンなのに〜〜！」

「あ、あの、萌黄《もえぎ》さん？　お話《はなし》がズレてきているような……」

「あっ、ずみまぜん……。とにかく、そうやって二人《ふたり》をうらみながら……じゃなくて、二人《ふたり》のことを考《かんが》えながら、『**欠《か》けちゃってる!?　文房具《ぶんぼうぐ》シリーズ**』ができたんです。**チ————ン！**」

スタッフさんがこっそりくれたティッシュで、鼻《はな》をかむ。

「なんというか……ステキなエピソードから、大《だい》ヒット商品《しょうひん》が生《う》まれたんですね！　ほかにも、いろんな分野《ぶんや》でご活《かつ》やくされて——大統領《だいとうりょう》とも、おしごとされたとはびっくりです！」

「あのときは……」

いろいろ話《はな》していたら、時間《じかん》はあっという間《ま》に過《す》ぎた。

番組《ばんぐみ》は無事《ぶじ》（？）に終《お》わって、テレビ局《きょく》を出《で》る。

その瞬間《しゅんかん》、電話《でんわ》がかかってきた。

「あ、玄《げん》だ。もしも――」

「お前《まえ》は、テレビでなに言《い》ってんだ！」

あまりの大声《おおごえ》に、思《おも》わずスマホから耳《みみ》をはなす。

「なに、おれたちをワルモノにしてんだよ！」

「ワルモノにしてないよ!?　本当《ほんとう》のことを言《い》っただけじゃん！」

「うらみながらとか、ポロッと言《い》ってたじゃねーか！」

「あれはつい……ていうか――」

待《ま》ち合《あ》わせの公園《こうえん》に、たどりつくと――ベンチで、玄《げん》と凛《りん》がすでにまっていた。

「すぐ会《あ》うのに、なんで電話《でんわ》したの？」

スマホを持《も》ったまま、口《くち》をとがらせる。

玄《げん》はムスッとした顔《かお》のまま、一言《ひとこと》。

「ムカついたから」

「そんな理由《りゆう》!?　えっ、それが、卒業《そつぎょう》以来《いらい》はじめて会《あ》って、言《い》う言葉《ことば》なの!?」

あたしが、二人《ふたり》にどーしても直接話《ちょくせつはな》したいことがあって、集《あつ》まってもらったの。

なのに……。

「もっと、わあ〜〜！　って、感動的《かんどうてき》な再会《さいかい》になると思《おも》っていたのに！」

「たかが数ケ月《すうかげつ》で、感動《かんどう》もくそもねーだろ」

「あたしは、一年《ねん》くらい経《た》ってるように感《かん》じてるの！　凛《りん》も、そうだよね？」

助《たす》けを求《もと》めると、凛《りん》は少《すこ》しこまったようにほほ笑《え》んだ。

「まあ……まさか、ここまで、はやく呼《よ》び出《だ》されるとは予想《よそう》してなかったかな」

凛《りん》まで！　あたしだけ、時間《じかん》の進《すす》み方《かた》がちがうのかなあ。

ていうか、さっきからあたし、首《くび》がイタい……。

「二人《ふたり》とも、背伸《せの》びするのやめてくれる？　首《くび》がつかれちゃうじゃん」

「フツーにしてるわ」

「あのね、くらら。じっさいに背《せ》がのびたんだよ」

こんな短《みじか》い間《あいだ》に!?　あたし、ほとんど変《か》わってないのに……（ズルすぎる！）。

「ああ、そうだ」

凛《りん》が、スクールバッグをゴソゴソする。

「ぼく、**『欠《か》けちゃってる⁉ 文房具《ぶんぼうぐ》シリーズ』**の消《け》しゴム、買《か》ったよ」

「あ。おれも、消《け》しゴム買《か》った」

玄《げん》もポケットから、とり出《だ》す。

「**ホント⁉** どんな形《かたち》のやつ？ 見《み》せて見《み》せて！」

三人《にん》で輪《わ》になって、見《み》せ合《あ》う。

「あれ？ もしかしてコレ……」

凛《りん》が、あることに気《き》づく。

「くらら、消《け》しゴムをひっくり返《かえ》して。玄《げん》は、そのまま。ぼくが、こうくっつければ——」

ピタッ。

なんと！ **消《け》しゴムが一つの形《かたち》**になった。

「さすがにおどろいたな」

「フフッ。やっぱり、ぼくらはぼくらだね」

「こんなキセキが起《お》こるなんて……これはもう、**大成功《だいせいこう》の予感《よかん》♪**」

「大成功《だいせいこう》？ それって、話《はなし》のことか？ 新《あたら》しいしごとでも、依頼《いらい》されたか？」

「いや。電話《でんわ》じゃなくて、わざわざ呼《よ》び出《だ》したってことは……**ただのおしごとじゃないね？**」

凛《りん》からの、するどい視線《しせん》。

あたしは、不敵《ふてき》に笑《わら》う。

「――ねえ。**熊谷社長《くまたにしゃちょう》**、おぼえてる？」

二人《ふたり》の顔色《かおいろ》が、変《か》わる。

「ずいぶん、なつかしく聞《き》こえる名前《なまえ》だね」

「おれは、ムカつきすぎてはっきり覚《おぼ》えてるけど。で、そいつがどうしたんだ」

「じつはね、勝負《しょうぶ》のメールがきたの。あたしたちと、**文具祭《ぶんぐさい》で再戦《さいせん》**したいって」

はじめて対戦《たいせん》したのは、ちょうど一年《ねん》くらい前《まえ》。

あのときは、ヒキョーな手《て》をつかわれて、文具祭《ぶんぐさい》は負《ま》けちゃったんだ……。

「あたしは、勝負《しょうぶ》を引《ひ》き受《う》けたい。そして、**こんどこそ勝《か》ちたい！**　……二人《ふたり》はどうする？」

むねの前《まえ》でうでを組《く》んで、挑戦的《ちょうせんてき》に聞《き》く。

「決《き》まってんだろ。**どんなヒキョーな手《て》をつかわれても、おれたちが正々堂々《せいせいどうどう》、勝《か》つ**」

「そして文具市場《ぶんぐいちば》で、さらに圧勝《あっしょう》。二度《にど》と勝負《しょうぶ》をしたくなくなるくらい、凹《へこ》ませたいね」

久々《ひさびさ》に会《あ》っても、息《いき》はピッタリ。

三人《にん》とも、**たたかう気《き》は十分《じゅうぶん》だ。**

「決《き》まりね。じゃあ、気合《きあ》い入《い》れるよっ。手《て》を出《だ》して、かさねて！」

「暑《あつ》いからヤダ」

「ぼくらもう、中学生《ちゅうがくせい》だよ？」

「ダメです。**社長命令《しゃちょうめいれい》です。**はやくしてくださいっ」

二人《ふたり》はしぶしぶ、手《て》をかさねる。

一年前《ねんまえ》の文具祭《ぶんぐさい》の前《まえ》も、こうやったっけ？

あのときより、二人《ふたり》の手《て》は大《おお》きくて、重《おも》たく感《かん》じる。

ちょっとだけ、切《せつ》なくなった。

やっぱり二人《ふたり》は、変《か》わった。

だけど、いいんだ。

あたしたち三人《にん》のキズナは、変《か》わらないから。

だから、あのときと同《おな》じことを言《い》う。


「文具祭《ぶんぐさい》で、熊谷社長《くまたにしゃちょう》をコテンパンにしてやろう！」